I0635026

AUGUST 1972

1

PARIS.
1839.

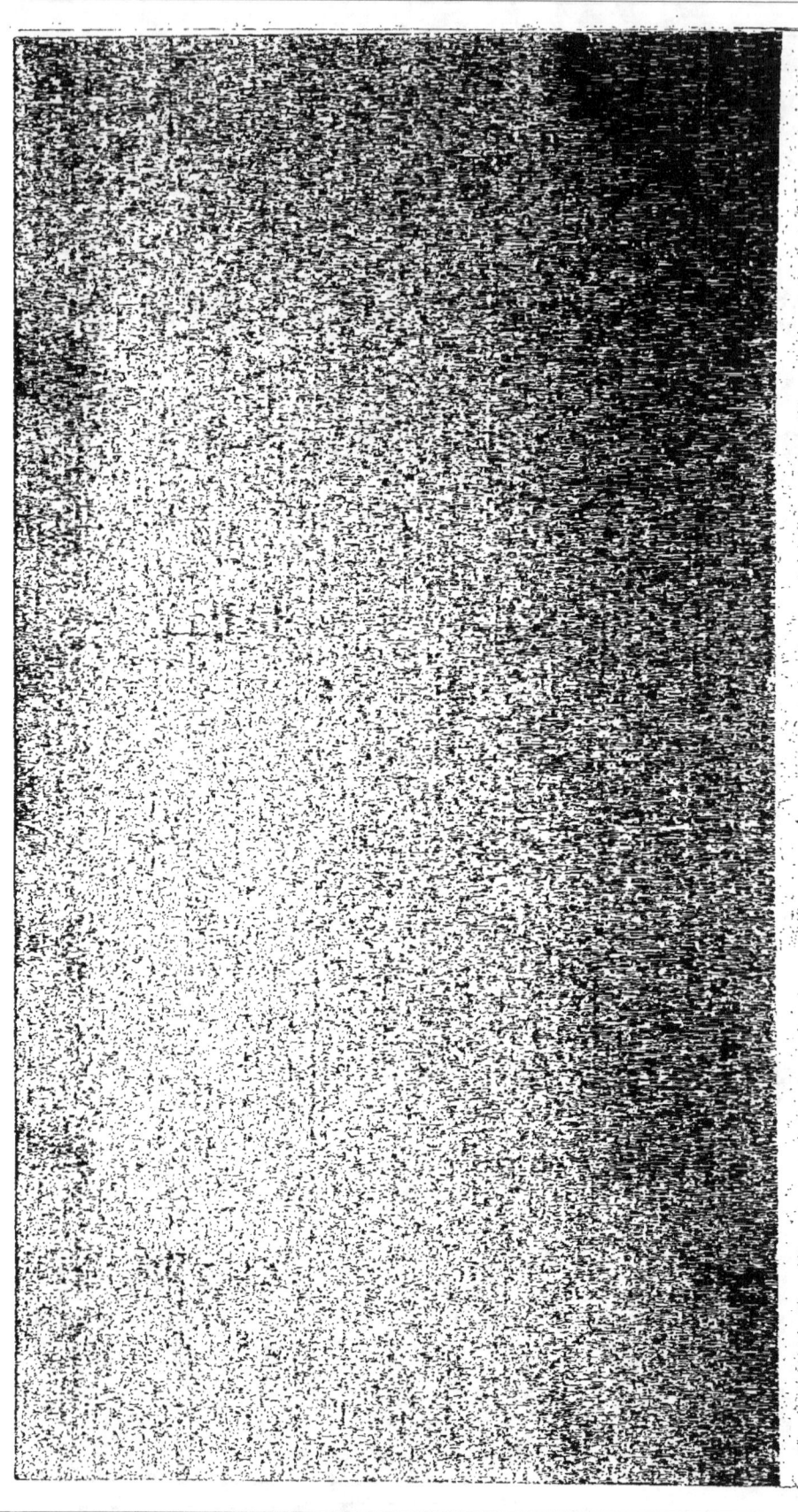

L'INCESTE,

SUIVI

1034

DE LA BELLE MAURE.

Y²

64191

PARIS. — IMPRIMERIE DE CASIMIR,
Rue de la Vieille-Monnaie, n° 12.

L'INCESTE,

SUIVI

DE LA BELLE MAURE.

PAR JULES DE SAINT-AURE,

AUTEUR DE L'ORIGINE D'UN PEUPLE CÉLÈBRE,
DES INSÉPARABLES, ETC., ETC.

> Faites choix d'un censeur solide et salutaire,
> Que la raison conduise et le savoir éclaire.
> Et dont le crayon sûr d'abord aille chercher
> L'endroit que l'on sent faible et qu'on veut se cacher.

TOME DEUXIÈME.

PARIS.

TENRÉ, LIBRAIRE,
RUE DU PAON, N° I.
CORBET, QUAI DES AUGUSTINS, N° 61.

1832.

BIBLIOTHÈQUE ROYALE

L'INCESTE.

CHAPITRE XV.

Si les dignités de ce monde
vous sauvaient du trépas ou se
perpétuaient après lui ; si au
moins , dans le peu de temps
qu'on les possède , elles vous
mettaient à l'abri des souffrances
physiques et morales auxquelles
l'humanité est assujettie, alors
tous les soins qu'on se donne
pour les obtenir ou pour les conserver deviendraient explicables.

Je me couchai ; le sommeil ferma
mes paupières, et je ne me réveillai
que fort tard dans la journée du len-

2.

demain. Honteux de ma paresse, je
me levai promptement ; mais à peine
habillé, Paul entra dans ma chambre, et me dit en riant que, pour
un homme éperdûment amoureux,
et qui retrouve sa maîtresse perdue
pour lui depuis douze ans, j'avais eu
un sommeil bien long et bien paisible.

« Hélène ! que fait-elle ? m'écriai-
je, et que doit-elle penser de moi ?

« — Madame de Listenay est ré-
veillée depuis long-temps ; elle est
prête à partir depuis deux heures ; je
ne l'ai pas vue, tu me l'avais défendu,
et je sais observer une consigne. J'ai
appris par Albert qu'elle est belle
comme un ange, malgré sa pâleur.

(3)

—Je vole chez elle, mon cher Paul.

« — Un moment, Hermann ; n'as-
tu rien à me dire ? — Nous nous
verrons ce soir à Pétersbourg.

« — Mais tu ne veux pas avoir pitié
de mon impatience et de ma curiosité ? — Grégorieff, Hélène m'a de-
mandé ; elle m'attend. A demain. »

Je m'élançai hors de la chambre,
et je fus bientôt dans l'appartement
de madame de Listenay. « Nous par-
tirons quand vous voudrez, Madame,
lui dis-je en entrant. — Pas avant
que vous n'ayez déjeûné, Hermann.
Je vous ai attendu.—Que de bontés,
et combien je suis confus de ma paresse !

« — Je suis charmée que vous

vous soyez reposé; car depuis deux
jours bien des émotions différentes
sont venues vous frapper. » Je lui
pris la main, je la baisai avec tendresse. Nous nous assîmes pour dé-
jeûner.

« En arrivant ici hier au soir, dis-
je après un moment de silence, j'ai
trouvé un de mes amis, le comte
Paul Grégorieff; il a été long-temps
mon consolateur. J'ai dû lui parler
de mon bonheur. Il désire vivement
vous être présenté. — Vous savez,
Hermann, que je ne veux voir personne. — Paul est mon ami intime,
chère Hélène! c'est un autre moi-
même; depuis douze ans nous avons
été inséparables; il m'a tout fait ou-

blier, tout, excepté vous, Hélène; car votre nom était prononcé dans toutes nos conversations. Vous aimerez, j'en suis sûr, l'ami de votre frère. » Madame de Listenay me pressa la main; mais elle ne me répondit point.

Notre déjeûné fini, nous partîmes; le froid était encore plus excessif que la veille; les rayons du soleil, se réfléchissant sur la route couverte de glace, éblouissaient les yeux. On pouvait à peine regarder devant soi, et la tête était frappée d'une espèce de vertige. Notre haleine glacée retombait en mille petites aiguilles sur nos visages, et, malgré nos fourrures et toutes nos précautions pour nous préserver du froid, je m'apercevais de l'affaiblissement de ma compagne de voyage, et mes craintes ne faisaient que s'accroître de moment en moment. A chaque instant je lui demandais comment elle se trouvait; je passais mes bras autour d'elle; je la pressais contre mon cœur; sa voix éteinte, ses regards languissans me faisaient souffrir mille maux.

J'avais bravé bien souvent ces dangers; mais y voir mon Hélène exposée était au-dessus de mes forces et de mon courage. Cette journée me parut d'une mortelle longueur; le soleil était couché depuis longtemps lorsque nous arrivâmes à Saint-Pétersbourg.

On m'attendait ; j'avais envoyé
Albert en avant pour que tout fût
arrangé pour recevoir Hélène. J'allais jouir pour la première fois de
l'opulence que je m'étais acquise.
Nous traversâmes plusieurs cham-
bres parfaitement semblables à celles
de l'appartement habité par madame
de Saint-Séverin, pour mieux me
retracer les douces impressions que
j'avais reçues dans mon adolescence.

J'avais fait disposer un appartement de la même manière : la cou-
leur des meubles, leur arrangement
avaient été parfaitement imités. Dans
un cabinet qui servait de boudoir, il
y avait le portrait d'Hélène peint en
grand : ses beaux cheveux blonds

voilaient une partie de son visage, qu'on ne voyait que de profil. J'avais fait moi-même ce portrait de mémoire, et il était d'une frappante ressemblance. Seul j'avais la clef de cet appartement qui restait toujours fermé; et, certes, je ne m'étais jamais flatté qu'il serait habité un jour par l'objet dont le souvenir m'occupait sans cesse.

Nous arrivâmes dans le cabinet. Hélène avait jeté en passant un coup d'œil; surprise et attendrie, elle se laissa tomber sur un fauteuil, et ses larmes coulèrent.

« Généreux Hermann! me dit-elle, aurais-je pu croire que votre âme eût conservé aussi long-temps un

sentiment que tout semblait devoir
effacer! Quelle reconnaissance ne
vous dois-je pas!... --N'en parlons
jamais, mon amie; vous êtes ici chez
vous : rien ne vous y troublera, et
je serai le premier à me soumettre à
vos ordres et à votre volonté. Mon
appartement est dans une aile tout-
à-fait séparée de celle que vous ha-
bitez : lorsque vous me le permet-
trez, je viendrai partager votre solitude; en me nommant votre ami,
vous devez m'en accorder tous les
droits; vous me laisserez donc partager vos peines, essuyer vos larmes:
Qui mieux que moi comprendra vos
douleurs? Je vous laisse, vous devez
avoir besoin de repos... »

Je fis quelques pas pour sortir ; puis , revenant d'un air timide : « Vous penserez à moi ?... — Toujours, Hermann ! toujours ; il ne se passera pas un seul instant sans que la reconnaissante Hélène ne bénisse votre bonté, votre générosité. — Mon Hélène ! adieu. »

Je courus dans mon appartement ; j'y trouvai Paul. « Tu conçois bien, me dit-il, que je ne t'ai pas quitté, et me voilà prêt à partager ton bonheur, comme j'ai partagé tes peines. — Mon cher Paul, mon bonheur est bien incertain ; j'ai retrouvé Hélène, il est vrai ; mais m'aime-t-elle encore ? elle a l'air si profondément affectée de la mort de son mari, elle m'a si positivement défendu de l'entretenir de mon amour, que je ne sais à quelle idée m'arrêter. Je l'ai trouvée expirante : en revenant à elle, c'est son époux qu'elle appelait ; ma vue lui a causé plus d'effroi que de plaisir... Ah ! Paul, je le crains bien, son cœur est changé ; ce n'est plus que de l'amitié qu'elle a pour moi, et je ne pourrai m'en contenter. Je vais, au reste, te raconter jusqu'aux moindres détails de cette extraordinaire aventure, et tu me diras ce que je dois espérer. »

Je commençai ma narration. Lorsque je l'eus terminée, Paul resta quelque temps à réfléchir, le coude appuyé sur la table. Les yeux fixés sur lui, j'attendais ce qu'il allait dire avec anxiété ; car rien ne porte plus à une trop facile confiance qu'une innocente passion ; le cœur est disposé à accueillir tout ce qui peut le flatter : le moindre signe nous désespère, nous croyons tout possible, et nous passons cent fois par jour des plus folles espérances aux craintes les moins motivées.

Mon ami ne connaissait pas Hélène ; il ne l'avait pas vue ; mais il me semblait qu'il allait prononcer sur mon sort. La tendre amitié qu'il m'avait toujours témoignée lui avait donné un pouvoir sans bornes sur mon esprit. Le soin qu'il avait apporté à tempérer ma vivacité, à cal-

mer l'amertume de mes regrets, me
l'avait rendu nécessaire ; j'avais fini
par placer en lui toute ma confiance,
et j'attachais un prix inestimable à
tout ce qu'il jugeait être bien, comme
je croyais possible tout ce qu'il me
disait devoir l'être.

Depuis long-temps j'avais cessé de
parler; Paul gardait toujours le silence. Je me levai en lui serrant
la main, il tressaillit, et me dit :
« Tout ce que je viens d'entendre est
tellement extraordinaire, qu'il faut
que ce soit toi qui me raconte de
pareils événemens pour que je puisse
y ajouter foi. Comment croire, en
effet, qu'une femme, née dans la
plus haute classe de la société, ma-

riée depuis douze ans, quitte sa patrie et suive son mari au milieu des
camps?

« Tu as raison, Hermann, de re-
gretter un cœur semblable. Qui ose-
rait se flatter de la bien juger? madame de Listenay n'est point une
femme ordinaire, et il serait affreux
de la rendre infidèle à la mémoire
d'un époux dont elle aurait aimé à
partager la mort.

« — Paul, m'écriai-je, que dis-
tu? quoi! il faudrait renoncer à elle?
tu ne te souviens donc plus de mon
constant amour pour elle, de l'aver-
sion que j'avais pour une vie qu'il
fallait passer loin d'elle? Si elle aimait M. de Listenay, n'était-ce pas

en trahissant les sermens qu'elle m'a-
vait faits? Qui l'a jamais mieux aimée
que moi?

« — Hermann , l'amour ne peut
s'accorder comme une récompense ;
on donne souvent son cœur à celui
qui le mérite le moins, et qui souvent même le dédaigne. Hélène t'a
aimé; tu as été l'objet de son premier amour ; mais l'absence , le
temps t'ont fait oublier. — Paul ! tu
me déchires le cœur en cherchant à
m'enlever ma dernière espérance.

« — Ami , je veux t'éclairer et non
te flatter. Madame de Listenay a
montré une énergie de sentiment
qui rarement se renouvelle deux
fois; car elle surpasse toutes les

idées que je m'étais formées du cœur
d'une femme. Elle t'aimera peut-
être ; mais es-tu fait pour être l'objet
d'un second amour ? et te contente-
ras-tu de n'inspirer qu'un sentiment
ordinaire ?... J'aimerais mieux, à ta
place, n'être que son frère, son
ami... Crois-moi, ne lui demande
rien de plus... » En achevant ces
mots, il me serra la main, et sortit
précipitamment.

~~~~~~

CHAPITRE XVI.

> Il y a des gens qu'on ne sait
> dans quel règne placer ; car, te-
> nant par leur cœur au règne mi-
> néral, par leur esprit au règne
> animal, il serait fort difficile de
> décider duquel des trois ils par-
> ticipent le plus.

On comprendra aisément qu'a-
près la conversation que je venais
d'avoir, je passai la nuit dans la plus
2. I.

grande agitation : ma raison ne pouvait désavouer ce que venait de me
dire mon ami ; cependant mon cœur
ne pouvait s'accoutumer à l'idée pénible qu'Hélène était perdue pour
moi ; quand le ciel, malgré tant
d'obstacles, nous avait réunis, il
était tout naturel que je conçusse
un nouvel espoir. La tache de ma
naissance devait être effacée ; le rang
que j'occupais dans le monde me
rendait l'égal d'Hélène, et de quelque sévérité que madame de Saint-
Séverin fût armée, elle n'aurait pu
me refuser sa fille, puisque j'avais
acquis un nom célèbre par de glo-
rieux exploits.

Mais à quoi me servait la gloire,

si le cœur auquel j'attachais tout le
bonheur de ma vie m'était enlevé,
et si un nouvel amour m'avait effacé
du souvenir d'Hélène? « Ah! m'écriai-
je, emporté par mes craintes et par
ma douleur, Hélène est près de moi,
le même toit nous couvre ; serait-il
bien possible qu'elle eût cessé de
m'aimer, et que, par une espèce de
prodige, cinq cents lieues eussent
rapproché l'ingrate pour la voir tous
les jours, et pour l'entendre prononcer le nom d'un autre avec l'accent de l'amour et du regret? Je me
suis engagé à la consoler d'une douleur que je ne puis partager ; toutes
ses larmes que je vais essuyer seront
un nouvel outrage pour mon amour,

pour cet amour que je combats en vain, et que j'ai pourtant promis d'étouffer.

« Comment pourrai-je feindre ou n'éprouver qu'une froide amitié? mes yeux, le son de ma voix ne me décèleront-ils pas ? »

Je passai la plus grande partie de la nuit à me promener dans ma chambre, et à former des projets que je rejetais le moment d'après ; le jour vint et me trouva dans la même incertitude.

A onze heures, madame Wolff, ma femme de charge, que j'avais attachée au service de madame de Listenay, entra chez moi pour me prier de passer chez sa maîtresse. Je m'informai d'une voix tremblante des nouvelles d'Hélène, et après avoir reçu une réponse satisfaisante, je me disposai à me rendre auprès d'elle. Je finis lentement de m'habiller; il fallait me calmer et tâcher d'effacer de mon visage les traces de mon insomnie.

Je trouvai madame de Listenay à demi couchée sur un canapé : on voyait qu'elle avait pleuré, et toute sa contenance annonçait le plus profond abattement. Loin d'y être sensible, mon cœur se révolta contre une douleur que je ne regardais que comme le comble de l'ingratitude. Je m'assis loin d'elle, et ne sachant que lui dire, car je craignais de l'offenser, je gardai le silence. Mes yeux cependant se fixèrent sur elle, je rencontrai son regard; il exprimait tant de douceur et de bonté, que je m'approchai vivement.

Je saisis sa main qu'elle me tendait avec un mouvement passionné : « Ah ! Hélène, lui dis-je avec véhémence, Hélène, pourquoi nous sommes-nous séparés ? ou pourquoi, en nous retrouvant, ne pouvons-nous effacer de notre mémoire ces douze années passées éloignés l'un de l'autre ? — Et pourquoi les effacerions-nous de notre mémoire ? me dit Hélène, en retirant doucement sa main d'entre les miennes ; elles n'ont point été perdues pour la vertu. Depuis

ce temps, tout a été brillant et glo-
rieux dans votre carrière : cette ci-
catrice qui sillonne votre front, ces
nombreuses décorations qui cou-
vrent votre poitrine me rendent fière
d'avoir un frère, un protecteur tel
que vous.

« — Frère, dites-vous ? Hélène,
assurez-moi que vous êtes heureuse,
et je ne désirerai rien de plus. —
Heureuse n'est plus un mot qui puisse m'être applicable; je ne puis plus
l'être. — Vous ne pouvez plus être
heureuse ? dis-je avec amertume.
Vous serez donc ingrate, puisque
l'étude de toute ma vie sera de vous
prouver que je vous aime unique-
ment, et que votre bonheur peut

seul embellir mon existence. Je vous
en supplie , mon amie , oublions le
passé ; ou si nous nous le rappelons,
que ce ne soit que comme un temps
d'épreuves dont nous sommes heureusement sortis : ne commençons
notre existence que d'aujourd'hui.

« — Ah ! grand Dieu ! dit Hélène
avec un accent passionné , que ne
puis-je en effet commencer ma vie
de ce moment ! que ne puis-je retrouver la paix et l'innocence de
mes premières années ! Hermann ,
vous voulez faire naître dans mon
cœur un bonheur perdu sans retour.
Je ne puis oublier que ma bouche a
juré à un autre un amour et une
fidélité éternelle ; la mort même n'a

pû me dégager de ce serment. —
Cruelle, voulez-vous me faire mourir en m'ôtant ma dernière espérance, en m'assurant que je n'ai plus
qu'une froide indifférence à attendre de vous?

« — Hermann, mon unique ami,
s'écria Hélène, pouvez-vous mé-
connaître mon cœur? C'est vous qui
croyez que j'ai pu cesser de vous aimer! Si une fatalité que nous n'a-
vons pu éviter nous empêche d'unir
notre sort, que la confiance, que
l'amitié embellisse au moins notre
avenir! Non, Hermann, je ne puis
me taire plus long-temps : l'amour
que vous m'avez inspiré n'a jamais
été éteint; c'était le feu sacré qui

2. 2

brûlait toujours dans mon cœur.
Mais pourriez-vous oublier que je
vous ai sacrifié à un autre, que je
lui promis mon amour, et que douze
ans je fus son épouse?

« —Je vous pardonne, mon amie;
en pouvez - vous douter? Ce mot
amour prononcé par votre bouche,
ce mot qui m'enivre de bonheur,
ce mot a tout effacé et me rend tous
mes droits. Vous m'aimez, et vous
avez pu croire que le passé n'était
pas effacé? Vos sermens étaient-ils
libres? ne furent-ils pas commandés
par de trop impérieux devoirs? Et
malgré tout, vous m'aimiez encore!
Non, non, je n'étais plus l'offensé;
et si je l'eusse su, loin de me plain-

dre de mon sort, je l'aurais trouvé
digne d'envie.—Ah ! que dites-vous,
Hermann ? vous me retracez mes
torts. Oubliez-les, vous dis-je !

« — Mon Hélène adorée, au nom
de cet amour que nous ressentons
si bien tous deux, de cet amour
purifié, sanctifié par tant de malheurs, par une si longue et si cruelle
séparation, soyez à moi; promettez-
moi que je n'aurai pas attendu en
vain. — Non, non, Hermann, dit
Hélène en versant un torrent de
larmes et en me repoussant; non,
je ne puis être à vous. Si vous saviez
tout.....! Regardez ces habits, cet
uniforme détesté que vous portez;
ce deuil qui m'environne..... cette

tombe à peine refermée sur mon malheureux époux ; tout ne vous dit-il pas que le ciel ne peut agréer des sermens impies : ce n'est que le malheur et la mort que mon fatal amour vous porterait. »

En achevant ces mots, sa tête retomba sur l'oreiller du canapé où elle était assise, et son visage se couvrit d'une pâleur effrayante. Je crus qu'elle allait s'évanouir ; mais elle revint promptement à elle.

« Hermann, ajouta-t-elle alors d'une voix plus ferme, vous saurez tout : il faut que vous lisiez dans ce cœur qui n'a jamais été qu'à vous ; mais nous avons besoin de calme. Je me suis confiée à votre honneur :

promettez - moi que, pendant un
mois, la veuve de M. de Listenay
pourra vous revoir chaque jour sans
avoir à craindre de voir se renouveler une conversation qu'elle ne peut
entendre sans frémir. Si ce que j'exige de vous, mon ami, est au-dessus
de vos forces, dites-le moi, et je me
retire dans un couvent jusqu'au moment où je pourrai rentrer dans ma
patrie. Je ne vous cache pas qu'il
me serait pénible de vous quitter
aujourd'hui ; j'ai rêvé pour nous un
genre de bonheur que je ne pourrais voir détruire sans que mon cœur
soit brisé. Parlez-moi, Hermann ;
que dois-je croire? puis-je compter
sur vous ? »

Je laissai tomber ma tête sur ses genoux, et je restai ainsi pendant un moment. J'avais besoin de reprendre mes sens et de rétablir mes idées; tout ce que je venais d'entendre avait bouleversé ma raison, je n'existais plus que pour deux sentimens : l'amour que m'inspirait Hélène, et la crainte de la voir s'éloigner. Je devais donc consentir à ce qu'elle désirait de moi : oui, en jurant de renfermer ma passion dans mon âme, je le promis de bonne foi. Tout me devenait possible ; elle m'aimait, et me promettait de ne plus me quitter : que m'importait que ce fût comme ma sœur ou avec le titre de mon épouse? n'allais-je

pas la voir chaque jour? ne devais-
je pas l'entendre m'assurer de sa tendresse? et qu'importe le nom qu'elle
voudrait y donner à l'avenir? mon
cœur la comprendrait toujours.

Quelle délicieuse existence allait
commencer pour nous! Prosterné
devant Hélène, je jurai de respecter sa douleur, de ne plus lui parler de mon amour, et de n'être plus
que son frère. Elle reçut mes sermens avec ravissement; ses bras me
pressèrent sur son sein, et en m'ap-
pelant mille fois son frère chéri, elle
prit l'engagement de ne plus se séparer de moi.

CHAPITRE XVII.

> Les femmes sont, sous tous les rapports, les plus belles productions de la nature ; et si elles ne sont pas tout ce qu'elles devraient être, c'est moins à elles qu'à eux-mêmes que les hommes doivent s'en prendre.

Ce fut dans cet instant que je lui rendis l'anneau que j'avais retrouvé ; elle le prit, et me dit en rougissant

que ce n'était plus que le don d'un
ami à son amie, et qu'elle le conser-
verait avec la même fidélité. Nous
ne nous quittâmes pas de la journée.
Cependant, épuisé par les diverses
émotions que j'avais éprouvées depuis quelques jours, je me sentis
très-souffrant au moment de me
mettre au lit. Albert, inquiet de
l'état dans lequel il me voyait, me
proposa d'envoyer chercher M. de
Lawroff; je rejetai sa proposition, en
l'assurant que le lendemain je serais
tout-à-fait rétabli, et que le bonheur qui m'attendait était pour moi
le meilleur et le plus souverain des
remèdes.

Mon air de gaîté ne le rassura

pourtant pas ; il s'obstina à rester
dans ma chambre. A peine couché,
je m'endormis profondément ; mais
je me réveillai bientôt, et me sen-
tant encore plus affaibli, je portai
machinalement ma main sur ma poitrine ; je la retirai sanglante : une
de mes blessures s'était rouverte,
et j'étais baigné dans mon sang.
J'appelai Albert d'une voix faible ;
je ne sais s'il m'entendit ; mais je
perdis entièrement connaissance, et
je ne revins à moi que plusieurs
heures après.

Il faisait grand jour, et on avait
mis un appareil sur ma blessure. Je
soulevai péniblement ma tête ; je rencontrai alors le doux regard de mon

Hélène fixé sur moi avec inquiétude.
Paul était près d'elle, et me présentait un flacon. « Ah ! qu'il serait affreux de mourir ! dis-je d'une voix
faible... — Non, vous ne mourrez
pas, mon général, répondit M. de
Lawroff, que je n'avais pas encore
aperçu ; mais il vous faut le plus
grand calme... ou je ne puis répondre de rien, » dit-il en regardant
Hélène. Elle tressaillit, et laissa re-
tomber ma main, qu'elle serrait dans
les siennes. « Vous ne me quitterez
pas, mon amie ? dis-je vivement. —
Peut-être serait-il plus prudent que
vous ne restassiez qu'avec moi, dit
M. de Lawroff ; mais comme je m'a-
perçois que la seule crainte de voir

s'éloigner Madame et votre ami vous
agite déjà, je leur permets de rester,
mais à condition qu'il ne sera pas
prononcé un seul mot, et que vous
éloignerez de votre pensée toute im-
pression pénible; d'ailleurs, pour
que mes ordres ne soient pas même
éludés, je vais rester ici jusqu'à ce
soir.

« — Oui, mon ami ! me dit alors
Hélène, nous resterons près de vous;
mais il faut être calme, ajouta-t-elle
à voix basse; il faut tout oublier,
excepté la tendre amitié que nous
nous sommes jurée. » Elle s'éloigna
de mon lit, et fut s'asseoir dans un
fauteuil vis-à-vis de moi; mes yeux
dès-lors ne la quittèrent plus, et

suivaient ses moindres mouvemens
avec amour; elle semblait se mul-
tiplier autour de moi; c'était elle qui
présentait à mes lèvres la boisson qui
devait calmer la fièvre qui me dévorait; elle ne voulait céder à personne le soin de soulever ma tête
affaiblie; elle la posait sur son cœur;
elle essuyait la sueur glacée que la
souffrance faisait couler de mon
front; elle devinait mes moindres
désirs! Oui, je le dis encore avec
reconnaissance, l'âme d'une femme
aimante est le chef-d'œuvre du créa-
teur!

Pendant plusieurs jours on déses-
péra de ma vie. Hélène me veilla, et
ne me quitta pas un seul instant.

Paul ne voulut pas non plus s'éloigner de moi : il réunit ses bons soins
à ceux de mon amie; ils se parta-
gèrent les fatigues et les attentions,
et ce fut entre ces deux êtres chéris
que je revins à la vie.

Ma convalescence fut longue; mais
je me trouvais si heureux d'être soi-
gné par Hélène, que j'aurais voulu
la prolonger davantage.

Il y a d'ailleurs dans cet état de
convalescence je ne sais quel ac-
croissement de sensibilité : tous les
liens sont resserrés ; la vie nous est
plus précieuse alors qu'elle a failli
nous échapper. L'âme est mieux
ouverte à toutes les impressions dé-
licates, et quand nous nous adres-

sons aux personnes sur qui re-
posent les complaisances de notre
affection, il règne dans toutes nos
paroles une mélodie qui part du
cœur.

Tout changement dans une position aussi heureuse me faisait trembler : je craignais qu'une fois rétabli, madame de Listenay ne se crût
obligée de me traiter avec plus de
froideur; je craignais de voir cesser
ces soins si doux, ces attentions qui
pénétraient mon âme d'amour et de
reconnaissance. Je craignais aussi
d'être forcé de la quitter pour retourner auprès de l'empereur ; et, le
dirai-je enfin? tout désir de gloire
s'était éteint dans mon cœur depuis

que j'étais réuni à l'objet de mes uniques amours.

Paul reçut l'ordre de retourner à l'armée; pour moi, le même courrier m'apporta une permission de l'empereur de rester à Saint-Pétersbourg pour un temps indéfini. Je dus ce bienfait à M. de Lawroff, qui, ayant pénétré mes sentimens et mes craintes, envoya au quartier général un rapport tellement exagéré de ma faiblesse et de la longue maladie qui en était résultée, qu'on prévint ma demande en m'accordant un congé jusqu'à mon parfait rétablissement.

L'hiver s'écoula, et fit place au printemps. Madame de Listenay était

toujours la même pour moi : sa conduite également tendre devait me
donner l'espérance de la voir consentir à devenir mon épouse ; mais les
jours s'écoulaient, et je n'osais rompre le silence qu'elle m'avait imposé : je sentais aussi que je ne devais pas lui parler de mon amour
tout le temps qu'elle porterait les
crêpes du veuvage. Tant que Paul
s'était trouvé en tiers entre nous, il
m'avait été facile de m'abstenir de
toute explication qui eût pu blesser
l'extrême délicatesse d'Hélène ; mais
lorsque nous fûmes livrés à nous-
mêmes, la promesse que j'avais faite
me sembla de jour en jour plus difficile à tenir. Il fallait passer de lon-

2.

2.

gues soirées, seul avec une femme
charmante : le mot *amour* n'était
point prononcé dans nos conversations; mais les doux regards d'Hélène, le ton de sa voix, cet abandon
qui ne peut venir que d'un cœur
rempli d'un sentiment tendre, tout
me disait qu'Hélène partageait celui
que j'éprouvais, et qu'elle m'était
entièrement rendue.

Pourtant je différais encore à acquérir cette heureuse certitude : je
craignais, en voulant trop hâter le
moment fortuné, de voir s'évanouir
mon bonheur; et lorsque je quittais
Hélène, enivré d'amour et d'espérance, je remettais au lendemain à
lui demander encore davantage.

Six mois étaient écoulés ; il fallait encore doubler ce temps de privation, et la femme que j'idolâtrais devait être à moi.... Je m'arrête ; je lève les yeux.... Cette enivrante illusion vient encore frapper mon imagination..... Hélas ! que vois-je maintenant autour de moi ? une solitude glacée, une grotte obscure. La terre est le lit qui reçoit mes membres fatigués ; toute l'horreur des tombeaux m'environne.... J'appelle Hélène, elle ne me répond plus.... Il n'est que trop vrai, je n'ai vu mon bonheur qu'en songe !

Contempler sans cesse l'objet qu'on aime, se repaître de désirs qu'il faut maîtriser en même temps, est une

possibilité chimérique que l'imagination peut concevoir, mais que le
cœur ne peut avérer.

Je fournis sans doute à Hélène
l'occasion de faire cette remarque;
car elle voulut substituer à nos en-
tretiens quelque occupation qui pût
me distraire de l'idée qu'elle suppo-
sait me dominer : je me soumis à
sa volonté.

Je ne savais pas l'italien ; elle voulut me l'apprendre, et moi je voulus aussi lui enseigner le russe. Les
premiers jours, tout alla fort bien ;
mais plus elle mettait d'application
à apprendre, plus mon courage di-
minuait. J'aurais voulu la rendre
inattentive, lui voir partager mon

trouble et cette ardeur dévorante
qui ne faisaient que s'accroître par
la confiance et l'abandon qu'elle me
montrait.

Souvent je la quittais brusquement, et, lorsque je rentrais, je la
trouvais baignée de larmes : je me
précipitais alors à ses genoux, je
m'accusais d'ingratitude ; mais l'instant d'après, je retombais dans la
même faute. Cet état ne pouvait
pas durer.

Un soir, nous étions assis près l'un
de l'autre ; nous gardions le silence.
Madame de Listenay me regarda ; je
lus sur son visage une inexprimable
tendresse, et dans un transport que
je ne pus retenir, je la pressai dans

mes bras avec ardeur ; elle me repoussa faiblement. « Non, dit-elle
d'une voix étouffée par une émotion
que je partageais ; non, nous ne pouvons pas rester ensemble. Il faut,
Hermann, que vous connaissiez les
circonstances qui ne me permet-
tront jamais d'être à vous. J'ai dif-
féré jusqu'à ce moment ; mais je serais coupable si je me taisais plus
long-temps.

« — Je ne veux rien savoir, dis-je
en couvrant ses mains de baisers.
Que pourrais-tu me dire, mon Hélène, qui puisse me forcer à me séparer de toi ? Tu m'as vu soumis à
tes ordres ; j'ai respecté ta douleur,
j'ai jusqu'à ce moment imposé si-

lence à mon amour : qu'exiges-tu
de plus?

« — Il faut nous séparer, Hermann. Écoutez-moi, et ne vous li-
vrez pas à un emportement qui ajou-
terait à ma douleur, et qui ne chan-
gerait en rien ma résolution. Je
vous aime, mon ami, vous le savez ;
mais nous ne pouvons être l'un à
l'autre. Lorsque vous saurez ma
triste histoire, vous en serez convaincu vous-même. Cette histoire,
je l'avais écrite pour vous : il y a
déjà long-temps que je devais vous
la remettre ; mais j'ai toujours dif-
féré, espérant que l'amitié d'une
sœur pourrait vous suffire. Elle n'est
pas achevée ; ma mémoire supplée-

ra facilement. — Non, je le répète,
je ne veux rien savoir. Hélène ! Hélène ! — Hermann, je l'exige ; vous
devez m'entendre , et, après ce récit, c'est vous que je laisserai juge
de ma conduite à venir.

CHAPITRE XVIII.

> La prévention a seule ce ca-
> ractère affreux que rien ne sau-
> rait en détruire les effets : née
> de la calomnie, elle ne meurt
> point avec elle ; la prévention se
> fixe sur sa proie avec l'acharne-
> ment du vautour ; la mort a seule
> le pouvoir de l'en arracher.

Histoire de madame de Listenay.

C'EST un bien triste devoir que je
vais remplir en vous retraçant tous
les événemens qui se sont passés

2.   3

pendant notre longue séparation ; mais je vous dois une confiance entière, et puisque l'amour est un sentiment qui nous est interdit, que l'amitié du moins nous console. Peut-on être réellement ami, s'il reste dans le cœur un secret qu'on n'ait osé se confier ? J'ai commis des fautes ; mais comme ces fautes ne sont venues que de l'amour que j'avais conservé pour vous, sans doute vous les excuserez, et vous aimerez toujours celle qui, ne pouvant plus être votre épouse, espère rester votre sœur et votre meilleure amie.

Lorsque vous me quittâtes il y a douze ans, votre courage, votre vertu ne me parurent que l'excès de

la dureté. Je vous accusai de manquer de sensibilité, et je restai con-
vaincue que si vous m'eussiez véritablement aimée, vous n'eussiez pas
eu la force de m'abandonner et de
renoncer à moi pour jamais. Madame d'Arberg et ma mère, loin de
chercher à calmer la profonde douleur dans laquelle j'étais plongée,
ne firent que l'aigrir en me peignant
l'indifférence que vous aviez mon-
trée en quittant Paris. « A l'âge
d'Hermann, disaient-elles, on se
console bien vite. Il vous aimait,
nous le savons; mais pouvez-vous
compter sur un cœur que tant d'ob-
jets séduisans et nouveaux vont vous
disputer? et quand la puissance des

premières émotions le rappellerait
encore quelquefois vers vous, sans
doute il vous aimera toujours, mais
vous ne serez plus l'unique objet
de ses affections ; et pourrez-vous
vous contenter d'une tendresse par-
tagée ? »

Ma santé se ressentait de l'agitation que j'éprouvais ; une grave maladie se déclara : ma mère fut quelque temps alarmée pour les jours de
sa fille chérie. Cependant j'étais à
peine rétablie, je portais encore les
traces de longues et pénibles souffrances, que ses premières instances recommencèrent. Je la vis à mes
genoux, me suppliant de m'unir à
M. de Listenay ; je n'eus pas la force

de résister : à peine échappée au trépas, on me traîna à l'autel, et ce fut le cœur rempli de votre image.

Dévorée par une passion que ni le temps ni l'absence ne devaient éteindre, je jurai d'être à un homme que je ne connaissais pas, et je pris Dieu à témoin de n'aimer que lui.

Cependant M. de Listenay était jeune, de mœurs douces et agréables ; il m'aimait véritablement, et il ne trouva en échange de ses prévenances et de son amour que des attentions contraintes, quelquefois même la plus froide indifférence. Je ne sais si ma mère lui avait parlé de mon premier attachement, mais il

ne m'en parla jamais ; et comme sa
délicatesse ne m'a été connue que
plus tard, je crois qu'il voulait tout
attendre de ma confiance, et qu'il se
serait reproché de la surprendre.
Alors je n'étais en état de rien apprécier; absorbée par une passion
devenue sans espoir, je me sentais
à peine la force de vivre, et il me
semblait que j'étais seule sur la terre. Je me rétablis lentement. En
voulant fuir des souvenirs déchi-
rans, je me lançai dans le monde,
où je me livrai à une vie dissipée
dont le souvenir ne m'a laissé que
des dégoûts, des regrets, et peut-
être des remords.

M. de Listenay sembla d'abord

approuver mes goûts ; il ne me quit-
tait pas, et paraissait heureux des
éloges que le monde prodiguait à
ma beauté et à mes talens. J'avoue
que moi-même j'en fus enivrée ; j'é-
tais charmée de me voir enviée par
les femmes et de fixer les regards
des hommes : non que mon cœur
s'en trouvât ému ; ma vanité seule
était satisfaite, et me fit presque
oublier la peine qui oppressait mon
cœur.

Cependant M. de Listenay devait
s'offenser de me voir persister dans
un genre de vie qu'il n'avait pris
que pour un goût passager. Je semblais fuir ma maison ; et si le hasard
me forçait à y rester, l'ennui le plus

profond se peignait dans toutes mes actions.

Mon mari se plaignit vivement de ce que je négligeais tous mes devoirs d'épouse. Il confia ses chagrins à ma mère, dont les sages représentations ne furent pas mieux accueillies que celles de M. de Listenay. Je m'emportais, je les accusais tous deux d'injustice et de tyrannie, et je n'en continuais pas moins à courir après des images fantastiques de plaisir et de bonheur. Je passai bientôt dans le monde pour la femme la plus légère et la plus coquette ; mais ma réputation restait intacte.

Je voulais plaire à tous, mais je

ne pouvais aimer que vous ; aussi
tous les hommes qui auraient pu
concevoir le moindre espoir étaient
bien vite éloignés par la froideur
que je leur témoignais. Ce fut ainsi
que se passèrent les dix premières
années de mon mariage. Mon mari
se bornait à me surveiller en silence ; mais la douceur de son caractère ne lui permettait pas d'user envers moi d'une sévérité qui peut-
être m'eût encore plus éloignée de
lui. Il fallait un événement tel que
celui que mes extravagances firent
naître, pour le faire sortir de son
caractère et le forcer à me traiter
avec rigueur.

Je voyais très-souvent dans le

monde M. de Sargues : remarquable par l'expression d'une aimable
bonhomie, il avait de nombreux
amis parmi les vieilles femmes et les
hommes qui avaient encore des pré-
tentions, sans doute parce qu'on l'en
croyait dénué. Il était le confident
de tout le monde, et on ne pouvait
l'accuser d'avoir commis la moindre
indiscrétion. Il dirigeait les fêtes
qu'on voulait donner : rempli de talens, il ne s'en servait que pour
faire valoir ceux des autres. Il avait
aussi cette sorte de générosité dont
on parle sans cesse, parce qu'il savait donner de manière à ce que
ses bienfaits devinssent publics, et
que moins il les faisait valoir, plus

il trouvait de gens prêts à exalter sa bienfaisance.

M. de Sargues n'était plus jeune, et on ne lui avait jamais connu une liaison. Je le voyais tous les soirs chez la princesse Émilia de P...., dont j'étais la dame d'honneur. Les attentions qu'il avait pour moi me flattaient ; j'aimais à causer avec lui, et ce goût augmenta encore lorsque je découvris qu'il vous connaissait. La princesse Émilia était Allemande, et elle possédait de vastes propriétés sur les frontières de la Pologne. M. de Sargues avait été chargé par elle d'y faire de fréquens voyages.

Un soir, il parlait de son séjour à Varsovie, et il cita un jeune Français dont on parlait beaucoup, et qui avait fait une brillante fortune militaire au service de Russie. « M. Hermann d'Arberg, dit-il, est entré simple lieutenant dans un régiment il y a dix ans, et maintenant il est officier général et aide de camp de l'empereur de Russie. » Je me sentis rougir et trembler : c'était la première fois depuis dix ans que votre nom était prononcé devant moi.

Vous viviez, je venais d'en acquérir la certitude; vous viviez comblé d'honneurs et de gloire; mais sans doute j'étais effacée de votre souvenir. Je tombai dans une profonde rêverie, dont je ne fus tirée que par

M. de Sargues, qui, en se penchant derrière mon fauteuil, me demanda à quoi je réfléchissais avec tant de gravité. « Je pense, dis-je, à cet officier dont vous nous parliez tout à l'heure. Je crois l'avoir connu. — Mais ce serait fort possible, répondit M. de Sargues ; il a été élevé à Paris, et on m'a assuré qu'il y avait laissé une femme qu'il adorait. Cependant elle l'a forcé de fuir sa patrie ; et, à cet air pensif et abattu, je croirais facilement tout ce qu'on m'a dit à ce sujet, surtout, ajouta-t-il, si vous êtes l'objet de cette passion ; car il est impossible, lorsqu'on vous a aimée, de ne pas vous aimer toujours. »

Je suppose que M. de Sargues
aperçut un air de doute sur mon visage, car il reprit vivement : «Quoi !
vous en doutez, Madame ? Consultez
plutôt cette glace, me dit-il en plaisan-
tant : croyez-vous qu'on puisse vous
oublier, quand on a été assez heureux pour admirer de près vos talens enchanteurs, pour apprécier cet
esprit qui charme et attache? Non,
Madame, ajouta-t-il d'un ton plus
grave, lorsqu'on vous connaît, il
est impossible de ne pas vous aimer,
et lorsqu'on vous a connue, il est
mille fois plus impossible de vous
oublier. »

Il prononça ces derniers mots
avec une extrême vivacité : je fus

touchée non de ce qu'ils contenaient
de flatteur pour moi, mais unique-
ment parce qu'il me semblait que
c'était votre pensée qu'il venait d'ex-
primer. Je rougis de plaisir, et mon
émotion n'échappa point à M. de
Sargues. Sans doute il y appliqua un
motif tout autre que celui qui la
causait, et ses espérances s'en ac-
crurent.

Depuis ce moment, loin d'éviter
M. de Sargues, je recherchais toutes les occasions de me trouver avec
lui, et je tâchais d'amener la conversation de manière à ce que votre
nom fût au moins prononcé. Que
m'importait de laisser pénétrer mes
sentimens pour vous ? ils avaient

toujours été purs, et cette certitude tranquillisait ma conscience.

Mon intimité avec M. de Sargues était telle que, l'admettant à toutes mes soirées, je semblais ne pouvoir me passer de le voir. Ma mère me fit à ce sujet quelques représentations; car le monde, peu disposé à l'indulgence, commençait déjà à porter une maligne attention sur ma conduite; mais, moi, fière de mon innocence, je m'emportai vivement.

« Vous me parlez du monde, dis-je à ma mère; n'ai-je donc pas déjà assez fait pour lui? ne m'avez-vous pas forcée à sacrifier l'homme que j'aimais à ses injustes jugemens? M. de Sargues ne m'a jamais dit un mot dont je puisse me plaindre ; sa conversation me plaît, et vous devez être certaine que je ne puis l'aimer. Vous savez trop bien que mon cœur ne peut concevoir un nouveau sentiment ; il est tout entier à l'objet de mon premier, de mon unique amour.

« —Croyez-vous, me dit ma mère, que si Hermann vous voyait occupée sans cesse de M. de Sargues, il approuverait une semblable intimité ? Vous me dites que vous n'avez nullement à vous plaindre de lui, et qu'il ne vous a jamais entretenue de sa passion pour vous : dans ce cas, il a été beaucoup moins discret avec ses nombreux amis ; tout le monde

2.   3.

sait qu'il vous aime, et tout le monde s'aperçoit de la préférence que
vous lui accordez. Ah ! ma fille,
tremblez de compromettre votre réputation ; tremblez que votre mari
ne se lasse à la fin de vos froideurs.
J'ai droit de craindre pour votre bonheur ; car vous savez que votre mère
ne pourrait survivre à sa perte. »

Le chagrin que me montrait ma
mère me toucha plus que tous ses
reproches ; je lui promis de m'observer davantage, et je la quittai
bien décidée à lui tenir parole. La
conversation que je venais d'avoir
m'avait vivement émue, et mon visage portait encore des traces d'agitation lorsque je me rendis chez la

princesse Émilia, où mon service m'appelait.

La princesse m'avait toujours témoigné la plus parfaite bonté, et je me sentais entraînée vers elle par une sympathie dont je ne pouvais trop me rendre compte. Il y avait dans son regard et dans le son de sa voix quelque chose qui m'attirait irrésistiblement ; il me semblait que je la connaissais depuis mon enfance. Naturellement pensive et réservée, la princesse me distinguait seule, et souvent elle m'admettait dans les momens où elle se dérobait à sa cour.

Elle s'aperçut de suite de mon abattement, et au moment où tout le monde se retirait, elle feignit de vouloir me montrer quelque chose dans son cabinet, et nous nous trouvâmes bientôt seules.

« Qu'avez-vous, ma chère Hélène? me dit-elle ; vous ne me paraissez pas heureuse, et vous m'affligez sensiblement. Il ne m'a pas été possible de vous donner de grandes preuves de mon attachement pour vous ; cependant il me serait pénible que dans vos chagrins vous eussiez recours à une autre. Parlez-moi avec confiance : qui peut causer vos peines ? » Je m'inclinai avec respect sur la main qu'elle me tendait ; mais je ne répondis rien, car je ne trouvais rien à lui dire : je ne me sentais pas

le courage de lui avouer la véritable
cause de mes chagrins, et je ne pouvais lui en donner une imaginaire.

« Eh bien, Hélène ! me dit la princesse avec douceur, ne voulez-vous
pas me répondre ? — Ah ! Madame,
combien votre bonté m'embarrasse
dans ce moment ! que puis-je dire à
votre altesse ? puis-je vous raconter
des peines qui, toutes cuisantes pour
moi, ne vous paraîtraient peut-être
que des rêveries romanesques ? —
Non, mon amie ! vous devez parler;
et s'il était besoin d'un ordre, je ne
prononce ce mot qu'avec répugnance devant vous, j'exigerais votre confiance. D'abord soyez sûre par
avance que quel que soit votre se-

cret, vous trouverez en moi la tendresse indulgente d'une sœur. »

J'obéis, et je lui dévoilai mon âme
tout entière. Je lui parlai de notre enfance, de mon amour pour
vous, de notre séparation, de ma
profonde douleur, de tout ce que j'a-
vais fait pour vous oublier. « Ni son
abandon ni son indifférence n'ont pu
l'effacer de mon âme, continuai-je,
je l'aime comme aux premiers jours
de nos amours, et je sens que je
l'aimerai ainsi toute ma vie. » Pendant le temps que dura mon récit,
la princesse Émilia me parut vivement émue; elle se couvrit plusieurs fois le visage avec son mou-
choir. A la fin, elle me pressa dans

ses bras avec une tendresse indéfi-
nissable.

« Êtes-vous bien sûre , Hélène,
me dit-elle, qu'Hermann ne vous ait
jamais écrit , et qu'il vous ait entièrement oubliée? Pour moi, je ne
puis croire que votre amour , si pur
et si constant, n'ait jamais été partagé. Qui vous dit que l'homme que
vous accusez d'insensibilité ne se soit
pas sacrifié à votre tranquillité et à
l'honneur de votre famille? Je vois
de l'héroïsme dans sa conduite et non
de l'ingratitude. Un homme capable
d'abandonner sans retour la femme
qu'il aime, et cela au moment
où elle vient lui avouer que son
amour ne l'a pas trouvée insensible;

l'homme capable à vingt-deux ans
d'un tel effort de courage est digne
d'être admiré, et je ne puis vous
blâmer de lui conserver le plus tendre attachement. Mais vous ne l'avez
pas imité; car il vous avait donné
l'exemple du plus parfait abandon à
tous les biens de ce monde; et,
certes, je suis sûre que ce n'a pas
été sans le plus affreux déchirement
de cœur qu'il a pu accomplir ce que
lui prescrivait son devoir! — Ah!
ne me dites pas qu'il m'aimait, dis-
je à la princesse, je ne dois pas me
rappeler un tel bonheur; il n'est pas
fait pour moi; j'ai dû y renoncer du
moment où je fus unie à un autre.

« Oui, Madame, j'ai manqué au

premier de mes devoirs en taisant à
mon mari le sentiment que je nour-
rissais toujours; il aurait fallu lui
promettre d'oublier Hermann, et je
ne m'en sentais ni le courage ni la
force.

« — Pourquoi croyez-vous que
M. de Listenay eût exigé de vous un
tel sacrifice? Qu'aurait pu vous dire
le mari le plus sévère, si, l'ayant
laissé lire dans votre âme, vous lui
aviez dit : Avant de vous connaître,
j'ai aimé un homme avec qui j'ai été
élevé ; cet homme est doué de tout
ce qui peut plaire, de tout ce qui
peut attacher. On l'a contraint à s'é-
loigner de moi ; on m'a forcée de renoncer à jamais à lui. J'ai rempli

2.

4

mes devoirs d'épouse fidèle ; mais
mon cœur n'a pu oublier la tendresse
que j'avais conçue pour le compagnon de mes jeunes années ; je le
sens trop, je l'aime encore ; peut-
être même l'aimerai-je toujours; c'est
à vous de me consoler d'un malheur
irréparable dont vous êtes la cause
innocente; c'est dans votre sein que
je répandrai les larmes qu'un dan-
gereux souvenir fait encore couler.
Je ne veux plus m'éloigner de vous,
je supporterai vos reproches; je les
ai mérités en vous refusant ma confiance.

« Soyez sûre, Hélène, que votre
mari s'attendrirait, et ne pourrait
vous en vouloir. Au lieu de le fuir

comme vous l'avez toujours fait, re-
venez à lui, revenez-y sincèrement ;
il n'est jamais trop tard pour se repentir ; surtout, croyez-moi, éloi-
gnez de vous M. de Sargues... —
Ah! Madame, dis-je en interrom-
pant la princesse, si j'ai paru écouter favorablement M. de Sargues, ce
n'était jamais que lorsqu'il me parlait d'Hermann ; il avait, je le crois,
pénétré mes sentimens, et je trouvais un plaisir secret à lui parler de
cet ami perdu depuis si long-temps
pour moi.

« — Mais, Hélène! était-ce M. de
Sargues que vous pouviez entretenir
d'Hermann ? Il ne devait pas vous
comprendre, et ce n'était nullement

par un sentiment de compassion
qu'il vous écoutait, quand vous lui
parliez d'un autre que de lui-même;
c'était un moyen de gagner votre
affection, et un jour, peut-être, il
eût exigé le prix de cette complai-
sance. Je le connais mieux que vous,
ajouta la princesse en voyant que
j'allais l'interrompre encore; rom-
pez toute liaison avec cet homme,
ou sans cela vous êtes perdue. Dieu
veuille qu'il soit temps de vous sauver...! »

Ces derniers mots me firent fris-
sonner. Je sentis alors combien j'a-
vais eu tort de donner ma confiance
à un homme qui faisait profession
de nourrir pour moi un amour mal-

heureux. Je l'ignorais, il est vrai ;
mais j'aurais dû écouter les sages
conseils qu'on m'avait donnés de
toutes parts ; je m'accusai hautement d'inconséquence.

La princesse chercha à me consoler ; elle y parvint, et lorsque je
la quittai, j'étais plus calme, et je
me trouvai presque heureuse ; car
je venais de trouver une amie dont
l'affection était dépouillée de tout
intérêt personnel.

En rentrant chez moi , je demandai si M. de Listenay était rentré ;
on me dit qu'il était à la campagne,
et qu'il ne reviendrait que le lendemain. Cette absence m'inquiéta : je
me couchai ; j'avais besoin de repos ;

mais mon esprit était trop agité ; on
venait de m'inspirer de trop pénibles
réflexions pour qu'il me fût permis
de goûter un paisible sommeil ; je
me levai encore plus abattue et plus
découragée. M. de Listenay arriva à
l'heure du dîner ; il avait un air
sombre et mécontent ; il ne parla,
pendant tout le temps que dura le
repas, que d'un bal chez l'ambassa-
deur d'Espagne, où nous devions
aller ce jour même. J'aurais voulu
m'en dispenser ; mais mon mari me
signifia si vivement qu'il prétendait
que j'y allasse, que je ne trouvai
rien à lui objecter.

Nous sortîmes à dix heures pour
nous rendre à cette fête. Malgré ma

parure et tout ce que je faisais pour
dissimuler ma souffrance, M. de
Listenay parut frappé de ma pâleur,
et me demanda d'un ton amer si je
souffrais, et je lui répondis que j'a-
vais une grande migraine.

En entrant dans ce salon, tous les
yeux se tournèrent sur moi; toutes
les figures portaient l'expression de
l'étonnement. Je m'assis, et je fus
tout-à-fait déconcertée lorsque je vis
que toutes les femmes affectaient un
air de froideur, et semblaient craindre de m'approcher. M. de Listenay
m'observait : il resta placé à peu de
distance de moi.

Les danses se formèrent : je restai,
pour ainsi dire, isolée au milieu de

cette fête. Deux jeunes gens vinrent alors se placer près de moi,
et j'entendis la conversation sui-
vante :

« On dit que madame de Listenay
est ici, dit l'un d'eux. — C'est impossible, répondit l'autre ; car je
sais, à n'en pas douter, qu'elle est
partie hier soir pour la campagne.
Son mari l'a emmenée ; le scandale
de sa liaison avec M. de Sargues
était devenu si public, qu'il n'a pu
l'ignorer plus long-temps. On dit
que la princesse Émilia a exigé que
madame de Listenay lui donnât sa
démission avant son départ. Tout le
monde en parle, tout le monde est
indigné. Ce pauvre M. de Listenay a

été trompé par sa femme de la manière la plus indigne.

« Au reste, on sait que la jeune
dame n'en est pas à sa première
aventure : elle avait eu avant son
mariage une intrigue avec un laquais
de sa mère; mais un million de dot
fait passer sur bien des choses... »
M. de Listenay s'approcha vivement
de ces messieurs, et, s'adressant à
l'un d'eux d'un ton qu'il cherchait à
rendre calme, il lui demanda s'il
était bien sûr de ce qu'il avançait.
« Ma foi, Monsieur, répondit ce
jeune homme, on ne peut jamais
être bien certain de ces choses-là;
mais si vous voulez avoir des détails bien positifs, adressez-vous à

M. de Sargues, qui entre dans ce moment. » J'entendis à peine la fin de cette phrase : j'eus à peine la force de saisir le bras de M. de Listenay. Bientôt j'étais évanouie dans ses bras.

CHAPITRE XIX.

Ne pouvant s'élever jusqu'à l'honnête homme, le calomniateur tente, en le diffamant, de l'abaisser jusqu'à lui. En vain vous plantez de vertus tout le champ de votre vie ; le calomniateur, par son souffle empoisonné, les fait faner sur leur tige.

JE restai plusieurs heures dans cet état : en revenant à moi, je me trouvai dans mon lit. Je demandai mon

mari : il s'approcha ; je lui pris la
main, et la posant sur mon cœur :
« Je suis innocente, lui dis-je ; le
ciel m'est témoin que tout ce que
vous venez d'entendre n'est que ca-
lomnie, et que jamais je n'ai manqué à mon devoir.

« — Je vous crois, Madame : dans
ce moment, nous ne sommes pas en
état de nous entendre. J'ai besoin
de repos, je vous laisse avec votre
femme de chambre ; nous nous verrons demain. » En finissant ces mots,
il me quitta.

Je restai seule, et tout ce que j'a-
vais entendu dans cette fatale soirée
se retraça à ma mémoire. J'entrevis
de suite tous les malheurs qui al-

laient en résulter. Ah ! combien alors
je me repentis de la légèreté de ma
conduite ! que de larmes amères
coulèrent de mes yeux !

Être forcée de quitter le monde
n'était pas ce qui m'affligeait ; mais
je sentais que M. de Listenay allait
peut-être payer de sa vie l'impru-
dence de ma conduite. Ce n'était pas
assez du reste de la mienne pour
expier une semblable faute ; il fallait renoncer à conserver le souvenir d'Hermann, puisqu'il était la
cause innocente de tant de maux. Il
fallait enfin à l'avenir consacrer tous
mes instans au bonheur de l'époux
que j'avais déshonoré ; car mon innocence ne me servait de rien, puis-

que le monde me jugeait coupable :
ses jugemens se trouvaient injustes,
mais je n'en étais pas moins perdue.

Le jour commençait à peine à paraître, que je demandai M. de Listenay; il était sorti. J'envoyai mes
domestiques de tous côtés pour le
trouver; mais je restai plongée dans
la plus affreuse inquiétude jusqu'à
midi. Ma mère ne m'avait pas quittée et tâchait de me donner du courage : je promettais tout; mais au
moment où le valet-de-chambre de
mon mari entra et me remit une
lettre, je prévis tant de malheurs,
que je fus quelques minutes hors
d'état de pouvoir la lire. Elle s'approcha alors du secrétaire, et appor-

tant une lettre : « Voici ce qu'elle contenait », poursuivit mon amie.

M. de Listenay à sa femme.

L'homme d'honneur qui a reçu un outrage que la mort seule peut effacer, tue son ennemi sans le haïr ; l'homme haineux hait encore le sien après l'avoir tué.

« En m'unissant à vous, Madame, j'avais compté sur un bonheur qui n'a jamais été notre partage. Depuis plus de dix ans que nous sommes unis, je vous ai toujours vue triste et le cœur occupé d'un autre objet. Je veux croire que votre tendresse

pour lui ait toujours été pure ; mais
elle n'en était pas moins offensante
pour votre époux. J'ai voulu attendre votre confiance, et non la solli-
citer : c'est pour cela que je ne vous
ai jamais fait de questions, qui eussent été également pénibles pour
vous et pour moi. Du moment où
je me suis aperçu que vous me re-
fusiez l'amour que j'attendais de
vous, j'ai dû me forcer à vous paraître indifférent ; car je vous connaissais, et je sentais que vous se-
riez malheureuse si vous pouviez
croire que je souffrisse de votre froideur.

« Je voulais vous éviter jusqu'aux
reproches de votre conscience. Ah !

Hélène, vous m'avez toujours mé-
connu : si j'eusse été instruit avant
notre union de votre amour pour le
compagnon de votre jeunesse, je
n'eusse jamais consenti à être un
obstacle à votre bonheur. Une fois
uni à vous, j'ai vainement employé
tous mes soins à vous inspirer de la
confiance : tout a été inutile, et vous
avez été chercher le bonheur et la
tranquillité là où vous ne deviez jamais les trouver.

« Depuis un an, votre conduite
est devenue plus légère que jamais;
votre beauté, vos talens, votre esprit ont dû vous faire des ennemis :
vous étiez trop enviée pour être aimée, et votre caractère naturelle-

2.

4.

ment vif et impérieux, et que l'état de votre cœur aigrissait encore, n'a pas peu contribué à faire juger plus défavorablement vos démarches inconsidérées.

« Vous avez dédaigné les avis de votre mère, ceux de vos amis : je ne parlerai pas des miens; depuis long-temps je suis moins qu'un étranger pour vous.

« Vous avez enfin imposé silence à tous ceux qui vous aiment.

« Mes craintes sont justifiées, vous êtes perdue ! oui, malheureuse Hélène, vous êtes perdue !

« Votre réputation est flétrie sans retour, et pourtant vous n'êtes point coupable; j'en suis convaincu, et je

n'ai pas besoin d'entendre tout ce
que vous avez à me dire pour rendre justice à la pureté de votre âme;
mais cette pureté ne suffit point encore lorsqu'on vit dans le monde.

« C'est ce que vous n'avez jamais
voulu comprendre, et ce qui est la
cause des malheurs dont vous ne
vous consolerez jamais.

« Après ce que j'avais entendu
hier soir, mon honneur outragé de-
mandait une réparation : je l'ai ob-
tenue. M. de Sargues a payé de sa
vie ses calomnieuses imputations.
Il a avoué avant de mourir qu'ayant
perdu tout espoir de réussir dans ses
infâmes projets, il avait au moins
voulu le faire croire; que vous étiez

innocente , et que lui seul avait ré-
pandu les bruits qui vous déshono-
raient.

« Maintenant, Madame, vous êtes
libre. Je ne veux plus à l'avenir
troubler votre tranquillité ; je crain-
drais que ma présence vous impo-
sât de pénibles efforts pour vous attacher à un homme que votre cœur
a toujours repoussé. Je ne puis malheureusement vous rendre tout-à-
fait votre liberté ; mais vous ne me
reverrez jamais.

« J'ai écrit à mon homme d'affai-
res ; il vous rendra compte de votre
fortune. J'espère que vous ne refu-
serez pas de disposer de la mienne ,
qui me devient inutile pour le genre

de vie que j'ai cru devoir adopter.

« Adieu, Madame ; je dois renoncer à vous, puisque vous m'avez
donné la certitude que votre cœur
ne m'appartenait pas, et que j'avais
en vain essayé de vous faire partager une tendresse que vous re-
jetiez. Puissiez-vous être heureuse !
c'est, en vous quittant pour jamais,
le plus ardent de mes vœux, et puissiez-vous vous pardonner comme je
vous pardonne ! »

~~~~~~

CHAPITRE XX.

Quand l'orgueil porte sur des
sujets dignes de l'exciter; quand
on le place dans le maintien de
sa dignité morale, il ne saurait
être plus noble; mais quand il
prend sa source dans un faux
sentiment de grandeur, il est le
type de la petitesse et de la
sottise.

JE lus cette lettre jusqu'au bout
avec le courage du désespoir. Je la
présentai après à ma mère. « Voyez,

lui dis-je, dans quel excès de malheur est tombée votre fille. » J'aurais dû ménager davantage sa sensibilité : c'était un coup au-dessus
des forces de madame de Saint-Séverin ; cette fille en qui elle avait
placé sa gloire et son orgueil allait
être perdue aux yeux du monde.

Elle lut cette fatale lettre ; en la
finissant, elle me pressa contre son
cœur. « Ta mère te restera, me dit-
elle, si tout le monde t'abandonne.
Elle seule est la cause de tes malheurs ; laisse - lui croire qu'elle
pourra te consoler. Ah ! ma fille, si
j'eusse prévu les suites de ce fatal
amour, j'en atteste le ciel, tu aurais été l'épouse d'Hermann.

« Mais laissons là toutes récrimi-
nations inutiles : il faut retrouver
M. de Listenay; mon Hélène est trop
généreuse pour ne pas sentir qu'elle
se doit tout entière à son bonheur.
Il reviendra, sois-en sûre, et la certitude d'avoir rempli ton devoir en
le ramenant près de toi contribuera
à te rendre heureuse. »

Je m'occupai d'obtenir des renseignemens sur le parti qu'avait pris
M. de Listenay.

Mes démarches furent inutiles;
un mois s'écoula, et je ne savais
rien encore : j'employai tous mes
amis; le sort de M. de Listenay me
resta inconnu.

La princesse Émilia semblait chaque jour prendre à moi un plus vif intérêt ; elle refusa ma démission que je lui offrais , et pour faire cesser les bruits qu'on s'était plu à faire courir, elle me donna des preuves publiques de son estime et de son affection en venant chaque jour elle-même chez moi , lorsque l'inquiétude qui me dévorait fut portée à son comble par la maladie de ma mère.

Vous avez connu son extrême délicatesse ; elle ne put supporter l'anxiété dans laquelle nous étions plongées : je la vis s'éteindre dans mes bras.

J'avais déjà perdu ma tranquillité, ma réputation et mon bonheur :

dans cet abîme, ma mère seule pouvait encore me consoler; elle me fut
aussi ravie. Je n'avais jamais aussi
vivement senti tout le prix de la
tendresse d'une mère qu'au moment
où je me vis menacée de perdre la
mienne. Ah! combien vous parais-
sent faibles alors tous les autres sentimens en comparaison de ceux
qu'on ressent pour une mère! tous
ses torts disparaissent à nos yeux;
on ne se souvient que de ce dévoue-
ment sans bornes qui commence
pour nous dès le berceau, et qui
ne doit finir qu'avec la vie.

J'aurais fait avec joie le sacrifice
de ma vie, s'il eût pu prolonger la
sienne. C'est dans mes bras, la tête

appuyée sur mon sein, qu'elle a
rendu son dernier soupir. Elle vous
bénit aussi, Hermann; mais sa dernière prière fut pour me recom-
mander de chercher mon mari, de
me réunir à lui, et d'expier les er-
reurs que mon amour pour vous
m'avait fait commettre. Je jurai dans
cet instant de vous oublier, et de
ne jamais être à vous !....

Hermann, me ferez-vous manquer à ce serment qui a été recueilli
et sanctionné avec joie par ma mère,
par votre protectrice mourante? En
fut-il jamais de plus sacré et de plus
saint ?... On m'arracha de force d'auprès de ma mère, et pendant plusieurs jours la princesse et mada-

me d'Arberg ne me quittèrent pas,
car pendant ce temps je fus privée
de ma raison ; elles voulurent veiller sur moi.

On me transporta dans l'hôtel de
la princesse Émilia. Ses soins me
rappelèrent à la vie : il fallait encore souffrir. J'étais seule dans le
monde ; je me voyais sans famille et
sans ces liens qui sont nécessaires à
l'existence d'une femme. Le tendre
intérêt que me témoignaient la princesse et madame d'Arberg m'était
importun ; elles n'étaient pour moi
que des étrangères. J'attendais la
nuit pour me livrer en liberté à
toute ma douleur , et pour songer au bonheur que j'avais né-

gligé et que j'avais éloigné de moi.

Une nuit j'ouvris mon secrétaire pour y trouver quelques souvenirs de ma mère : un paquet de papiers frappa mes regards, il me semblait inconnu. Je l'ouvris en tremblant, et je reconnus votre écriture ; c'était la lettre où vous m'ordonniez de vous oublier. Je la baignai de mes larmes ; mais la repoussant loin de moi, je renouvelai le serment de renoncer à vous pour jamais.

Enfin j'appris que mon mari était parti comme sous-lieutenant dans un régiment de cavalerie, et qu'il était en Allemagne. Je voulus aller le joindre ; mais je trouvai tant d'opposition à mon projet de la part de

la princesse et de madame d'Arberg,
que je me décidai à partir sans le
leur dire. J'abandonnai tout pour
rejoindre un mari envers qui j'avais
eu tant de torts, et qui s'était vengé
par une conduite si noble et si généreuse. Je traversai seule l'Allemagne et une partie de la Pologne; j'arrivai sur les bords du Niémen; je
retrouvai M. de Listenay, et je jurai
de ne plus m'en séparer. Ni les fatigues ni les dangers ne pouvaient
plus m'effrayer : j'étais résignée à
tout souffrir; il fallait prouver à
mon époux que mon cœur lui était
rendu, et que tous les genres de sa-
crifices ne pouvaient me coûter.

Je ne redoutais qu'un malheur,

celui de me séparer de lui. Je rendrai justice à M. de Listenay; il employa tous les moyens pour me faire rentrer en France : ce fut inutilement, je ne voulus pas le quitter. Je suivais l'armée à une où deux journées de distance ; je fus témoin de tous nos désastres. Le malheureux M. de Listenay fut blessé et fait prisonnier : je partageai son sort ; je crus par mes soins pouvoir adoucir la rigueur de sa destinée ; mais, hélas ! elle s'accomplit bientôt. Il expira dans mes bras des suites de ses blessures.

Je n'eus qu'une seule consolation, celle de l'entendre me dire que j'avais embelli ses derniers jours.

Hermann ! je vous ai dû la vie, et

je suis libre ; le ciel a rompu les
nœuds qui m'attachaient à un autre!
Je ne veux pas vous cacher que ce
n'est pas sans la plus vive émotion
que je me trouve près de vous. Oui,
mon ami! je vous aime toujours, et,
j'ose le dire, je n'ai jamais aimé que
vous. Voyez, cependant, si je puis jamais être votre épouse. Non. La fatale
passion que je vous avais conservée
a empoisonné les jours de M. de Listenay ; elle a causé la mort de ma
mère : je dois me punir de tous ces
malheurs.

J'ai fini la tâche que je m'étais im-
posée; je vous abandonne à vos pro-
pres réflexions ; c'est à vous de juger
si vous pouvez encore espérer d'être

mon époux. » En prononçant ces
mots, Hélène sortit, et me laissa
seul. J'abandonnai moi-même bientôt cet appartement, et rentrai dans
ma chambre, attéré par ce récit que
j'avais été bien des fois tenté d'interrompre.

~~~~~~

CHAPITRE XXI.

> La délicatesse est la fille aînée
> de l'honneur ; mais c'est une fille
> émancipée qui se permet quel-
> quefois de quitter son père.

Un mari victime de sa délicatesse
et de son indulgence, des sermens
exigés par une mère au lit de la

mort me semblaient bien quelque
chose ; cependant je n'étais pas
persuadé qu'Hélène ne pouvait pas
m'appartenir, et mon amour triom-
phait de tous les obstacles. Loin de
voir dans les événemens qu'elle venait de retracer à mes yeux rien
qui la rendît indigne de moi , je
voyais partout la preuve de son
amour; tout me faisait un devoir de
l'aimer davantage.

Je continuai donc à la voir comme
par le passé ; elle ne me parlait ni
du récit qu'elle m'avait fait, ni de la
résolution qu'il avait pu m'inspirer.
Je n'osais le premier aborder ce sujet, et lui dire que, loin de voir dans
ce concours extraordinaire d'événe-

mens rien qui dût empêcher notre
union, tout me semblait au con-
traire nous la commander; et ce mutuel amour gardé au milieu de tant
d'obstacles, et ces circonstances que
le ciel lui-même semblait avoir dis-
posées contre toutes les probabilités
humaines.

Un jour, cependant, je trouvai
Hélène plus triste que de coutume;
quelques larmes arrêtées encore dans
ses paupières attestaient qu'un cruel
souvenir était venu renouveler ses
douleurs. Je l'interrogeai sur les motifs de ses chagrins; c'était l'anniver-
saire de la mort de madame de Saint-
Séverin. A pareil jour, elle avait juré
de n'être jamais à moi. Cette idée

me bouleversa entièrement, et je ne
pus m'empêcher de dire à Hélène :
« Quand donc ce jour cessera-t-il de
nous poursuivre avec ses sinistres
sermens ? Le temps n'est-il pas venu
de les oublier ?

— « Eh quoi ! Hermann, reprit-
elle avec une douce mélancolie, ce
sont toujours là vos sentimens ! Après
le récit dont je vous ai entretenu,
est-ce là le parti que votre raison
vous a suggéré ? — Oui, ce sont là
mes sentimens ! m'écriai-je vivement, et ils ne changeront jamais.
Oui, tant que ce cœur.... — Il faut
nous séparer, reprit Hélène avec
calme ; je vous l'avais bien dit, il
faut cesser de nous voir... — Ja-

mais, jamais, repris-je avec le ton
du désespoir, la mort seule peut
nous séparer! Qui peut donc vous
forcer à vous éloigner de moi? quel
est cet inexplicable caprice? quel
autre nom puis-je donner à un semblable projet?...

— « Je ne m'attendais pas, Hermann, à vous voir traiter de caprice
une résolution que vous devriez respecter. J'ai cru un instant que mon
amitié pourrait suffire à votre bonheur, que vous ne verriez en moi
qu'une sœur. Je me suis trompée,
et, je l'avoue, lorsque j'interroge
mon cœur, je sens que pour moi-
même ce n'est plus que l'amour qui
le remplit tout entier.

« — Et tu voudrais te séparer de moi, après un aveu semblable ! dis-je à Hélène. — Oui, je le veux, parce que je le dois, et vous devez y consentir, puisque c'est la seule chose qui puisse assurer ma tranquillité et la vôtre. Non, non ! m'écriai-je, non, ne me parle pas de séparation ; quels que soient les aveux qui te restent à me faire, je ne veux rien savoir ; il me suffit de ce que je viens d'entendre. Tu m'aimes, mon Hélène ! tu m'aimes ! et rien ne pourra t'arracher de mes bras. »

En achevant ces mots, je l'entraînai. L'empire que j'avais toujours eu sur moi-même disparut ; je

n'entendais plus la voix d'Hélène
qui me rappelait mes sermens, qui
me suppliait au nom de l'honneur...
la vue de cette femme gémissante à
mes genoux, son désordre, ses larmes, rien ne put me retenir. O délire
affreux ! ô crime épouvantable ! jus-
que-là j'avais pu espérer le bonheur !
mais ce moment doit faire à jamais
le tourment de ma vie. Ah ! je voudrais pouvoir jeter sur ce jour un
voile impénétrable. Heureux si le
repentir pouvait enfin l'effacer !

Après ce funeste oubli de toutes
les lois de l'honneur, mon désespoir
ne s'exhala point en plaintes inutiles. Elle ne me repoussa point, sa
touchante physionomie ne portait

point l'expression de la colère lorsque je la pressai dans mes bras en
la nommant mon épouse; une douleur calme se lisait seule dans son
regard.

Pendant un moment, son immo-
bilité fut telle, que si le mouvement
précipité de son cœur ne m'eût assuré qu'elle existait encore, j'aurais
pu craindre qu'elle n'eût cessé de
vivre. Je lui parlai long‑temps,
elle ne me répondait point; effrayé
de son silence et de la stupeur dans
laquelle elle paraissait plongée, je
me levai brusquement et je voulus appeler; mais le mouvement
violent que je fis la rappela à elle-
même, elle me retint et me fit

asseoir : elle semblait vouloir recueillir ses idées ; puis, au bout de
quelques minutes, elle me dit ces
paroles qui ne sortiront jamais de
ma mémoire :

« Vous avez comblé la mesure de
mes infortunes, Hermann : ce n'é-
tait pas assez des obstacles que ma
délicatesse élevait entre nous, vous
y avez ajouté une barrière que rien
ne pourra vous faire franchir. Hélène perdue dans l'opinion du monde, quoique innocente, ne se croyait
plus digne de vous ; jugez donc si,
après l'avoir avilie, elle voudrait
encore vous appartenir. Non, je ne
serai jamais l'épouse d'un homme
qui a acquis le droit de me mépri-

ser. Fuyez, malheureux ! fuyez !
votre présence m'est devenue trop
cruelle. »

Je fus attéré par ce que je venais d'entendre, je fis quelques pas
vers la porte : prêt à l'ouvrir, je me
retournai; je vis Hélène à genoux,
et élevant ses mains vers le ciel. Le
profond désespoir empreint sur toute sa personne déchira mon cœur :
je voulus m'approcher d'elle ; mais
elle me montra sa porte avec un
geste si impératif, que je ne pus que
lui obéir. D'un pas chancelant, je
traversai son appartement : prêt à
entrer dans le mien, je ne pus résister à l'inquiétude qui s'empara de
moi ; je craignis qu'Hélène, dans le

premier moment de désespoir, n'at-
tentât à sa vie. Je revins brusquement sur mes pas ; mais je trouvai
madame Wolf qui m'arrêta, en me
disant que madame désirait être
seule.

Je sortis, et je parcourus une partie de la ville. Ma tête était en feu ;
mais j'étais devenu insensible à toutes les douleurs physiques. Je restai
la plus grande partie de la nuit à
errer dans les rues, n'osant rentrer
chez moi, toujours poursuivi par
la vue d'Hélène prête à expirer de
douleur, et perdue pour moi sans
retour.

Je ne rentrai chez moi qu'aux
premiers rayons du jour. Je trouvai

tous mes domestiques plongés dans
la consternation ; ils m'avaient attendu , et m'annoncèrent que peu
de temps après mon départ madame de Listenay était sortie seule et
à pied, et qu'ils ignoraient ce qu'elle
était devenue. Je leur donnai à peine
le temps d'achever ce qu'ils avaient
à m'apprendre ; je montai rapidement l'escalier, et je me précipitai
dans son appartement pour tâcher
de savoir si elle n'avait pas laissé
quelque indice du lieu de sa retraite.
Je parcourus vainement sa chambre
et le salon ; enfin , dans son cabinet,
j'aperçus un paquet de papiers soi-
gneusement cacheté. Je l'ouvris en
tremblant : un billet s'en détacha

et tomba à mes pieds ; il contenait ce peu de mots :

A Hermann.

> Il vaut mieux rompre sa chaîne
> que d'en examiner les anneaux.

« Il faut nous quitter ; vous m'y avez forcée. Et pourrais-je rester près de vous sans courir le danger d'être encore la victime de vos coupables égaremens ?... Grand Dieu ! combien j'ai été punie de ma folle confiance en vous ! Hélas ! j'ai trop mérité le malheur qui m'accable aujourd'hui, en nourrissant près de

vous une passion que tout me faisait une loi de réprimer ; mais
mon malheur me donne au moins
le droit de vous défendre de me
suivre.

« Je ne sais où je vais. Que m'importe le lieu où je m'arrêterai ,
pourvu que je ne vous voie plus ?
Je vous pardonne, je vous plains...
Hermann ! ah ! je le sens, je vous
aime encore ; et au nom de cet
amour, je vous supplie de me laisser remplir ma destinée en vous
efforçant de m'oublier , car nous
ne nous reverrons plus dans ce
monde.

HÉLÈNE.

« *P. S.* Je vous laisse l'histoire de

ma vie : vous la connaissez déjà,
mais je l'avais écrite pour vous;
peut - être d'ailleurs saura - t - elle
mieux que mes prières vous rappeler que vous ne devez pas me suivre. »

Ce billet échappa de mes mains :
il me donnait l'assurance que tout
était fini. Cependant , malgré la
prière d'Hélène , je donnai l'ordre à
Albert de courir à la poste. J'y fus
moi-même. Je m'informai, et j'appris bientôt qu'à minuit une jeune
dame avait pris une voiture, et qu'elle avait pris la route d'Allemagne.

Je trouvai le postillon qui l'avait
conduite à la prochaine poste. Je ne

pris que le temps de rentrer chez
moi ; je mis dans mon sein le ma-
nuscrit d'Hélène, et je suivis pendant quelques postes les traces de
ma malheureuse amie. Mais bientôt je les perdis entièrement ; elle
avait plusieurs heures d'avance sur
moi, et n'avait pas tardé à quitter
la grande route. A trente lieues de
Saint-Pétersbourg, je restai parfaitement incertain du chemin qu'il
fallait suivre. Excédé de fatigue,
tourmenté de l'inutilité de mes recherches, je cédai aux instances
d'Albert; il fallut me reposer.

CHAPITRE XXII.

> Est-il une vengeance plus lé-
> gitime que celle que prescrit l
> sentiment de l'honneur outragé
> et dans quel cas exposera-t-on s
> vie, si ce n'est dans celui où l'o
> ne saurait la ménager sans
> couvrir d'un éternel opprobre ?

LE lendemain, je me disposais
poursuivre mes recherches ; mai
un événement inattendu vint déran

ger mes plans, et m'enlever mes
dernières espérances. L'armée était
sur le point d'entrer en France ; je
reçus l'ordre de rejoindre l'empereur. Je ne pouvais, sans me déshonorer, manquer à cet appel ; mais
comment abandonner les traces de
l'infortunée qui, pour me fuir, s'é-
tait exposée seule aux dangers d'une
route longue et périlleuse? L'hési-
tation même m'était défendue. Paul
était absent, mais il me restait Albert : je pouvais compter sur lui. Je
le chargeai donc de continuer mes
recherches, et lui recommandai d'agir
avec tout le zèle et toute la discrétion
dont il pourrait être capable, et dont
il m'avait donné tant de preuves.

Je partis pour rejoindre l'empereur, et j'arrivai près de lui comme nos troupes allaient passer le Rhin. Non, ce n'était pas en ennemi que j'aurais voulu rentrer dans cette belle France : la patrie d'Hélène devait être la mienne, et ce n'était qu'avec répugnance que j'allais combattre contre le pays où j'avais passé mes premières années. J'en avais été banni ; mais la vengeance que j'allais tirer malgré moi de cette offense était un nouveau et pénible sacrifice à ajouter à ceux que j'avais déjà faits au devoir.

Je fis observer la discipline la plus exacte à mes troupes, et je crois fermement que partout où je passai

avec elles la terreur put nous de-
vancer, mais ne nous accompagna
jamais. Au milieu du tumulte des
camps, je n'avais encore qu'une
idée, celle de retrouver madame de
Listenay. Son image se retraça bien
plus vivement à moi lorsque nous
entrâmes dans Paris, et que je me
trouvai dans une ville où tout était
plein de son souvenir.

Je parcourais tous les lieux où
nous avions été ensemble, où je
l'avais vue : mon cœur la deman-
dait partout ; mais j'acquerrais
chaque jour la certitude qu'elle
était perdue pour jamais, et que
nous ne nous verrions plus dans ce
monde.

Albert arriva ; ses recherches
avaient été inutiles. Je me décidai
alors à me faire présenter à la princesse Émilia de P...Je savais que l'arrivée des armées alliées ne l'avait
point fait fuir. Née princesse souveraine en Allemagne, et forcée de
s'unir à un Français que les chances
de la guerre avaient fait prince, elle
n'avait rien à craindre de nous, et
d'autant moins que son époux avait
succombé dans les plaines glacées
de la Russie.

J'avais vu dans la lettre d'Hélène
que la princesse de P... lui portait le
plus tendre intérêt : il était donc
hors de doute que ma malheureuse
amie devait lui avoir donné de ses

nouvelles; je me flattais que la princesse ne refuserait pas de calmer mes inquiétudes, et que par elle j'apprendrais enfin ce qu'était devenue madame de Listenay. Il fallait, avant de me présenter chez la princesse, obtenir son agrément : elle ne me le fit point désirer.

Les officiers que j'avais chargés de m'obtenir cette faveur me dirent dès le lendemain que, lorsqu'ils la lui avaient demandée, elle avait répondu avec une grâce toute particulière qu'elle serait charmée de me recevoir chez elle.

J'avais quitté depuis un an le nom d'Arberg pour prendre celui d'une terre que l'empereur m'avait donnée dans l'Ukraine : ce fut sous ce nouveau nom que je me fis présenter chez la princesse. Une nombreuse et brillante société était rassemblée autour d'elle lorsque j'entrai. Elle était debout, causant avec gaîté ; en m'apercevant, son visage s'altéra, et elle répondit à mon salut en s'inclinant légèrement, mais sans me parler. Mon intention était de lui demander un entretien particulier; je sentais que ce n'était point au milieu de tout ce monde que je pourrais obtenir les renseignemens que je brûlais de recevoir.

La soirée s'avançait et je n'osais parler, quoique plusieurs fois j'eusse remarqué que les regards de la prin-

cesse se fixaient sur moi avec intérêt. Je retardais toujours ; enfin, au
moment où j'allais prendre congé,
je vainquis ma timidité ; et, d'une
voix émue, je la priai de m'indiquer
le moment où je pourrais l'entretenir sans témoin d'un objet qui m'in-
téressait vivement. Je la vis hésiter
un moment ; puis elle me dit à voix
basse qu'elle me recevrait le lendemain dans la matinée. Je m'inclinai
avec respect, et me retirai plus calme
que je ne l'avais été depuis long-
temps.

... Je ne doutais pas que la princesse
ne sût le lieu où madame de Listenay s'était retirée : sur ce que j'allais
apprendre se reposaient donc mes

dernières espérances. Je passai toute
la nuit sans pouvoir trouver un seul
instant de repos : le lendemain à
midi j'arrivai à la porte de l'hôtel de
P..., le cœur agité par la crainte,
et cependant ému par le plus doux
espoir.

On ne me fit pas attendre long-
temps ; je fus introduit de suite dans
le cabinet de la princesse ; elle était
assise sur un sofa, et au moment
où j'entrai, j'aperçus une femme qui
se retirait précipitamment, et qui
sortit de la chambre par une petite
porte recouverte d'un pan de tapis-
serie. Préoccupé du sujet qui m'a-
menait, je ne fis qu'une légère attention à cet incident. Dans ce mo-

ment , le valet de chambre qui m'avait annoncé referma la porte , et je restai seul avec la princesse.

Elle m'indiqua un siége près d'elle : je me sentais saisi d'une émotion que je pouvais à peine contenir ; je m'assis, et je n'osai rompre le silence. Plus il se prolongeait, plus ma situation devenait embarrassante.

« Général, que me voulez-vous ? me dit enfin la princesse ; je tressaillis, car le son de cette voix ne m'était point inconnu ; je l'avais déjà entendu. Mille souvenirs vinrent alors m'assaillir ; je fermai les yeux pour recueillir mes idées ; mais revenant brusquement à moi-même:

« Madame, lui dis-je, je suis venu
pour demander à votre altesse des
nouvelles d'une infortunée à qui
elle a daigné accorder autrefois son
intérêt, à qui elle promit son amitié
et sa protection...

« — Je sais tout ce que vous pouvez avoir à me dire à ce sujet, inter-
rompit la princesse ; je sais que madame de Listenay vous a quitté ; je
connais aussi son attachement pour
vous ; mais je ne puis rien vous dire
sur son sort...

« — Quoi ! Madame , vous ne
prendrez pas pitié d'un malheureux
livré depuis six mois au plus mortel
désespoir ? vous pouvez d'un mot le
rendre à la vie et au bonheur ! et

vous garderiez le silence !... De
grâce, ne rejetez pas ma prière ; au
nom de ce que vous avez de plus
cher, dites-moi où s'est retirée madame de Listenay ; dites-moi qu'un
jour je la reverrai ; cette assurance
d'un bonheur quelque éloigné qu'il
fût, me donnerait le courage de
tout supporter... Parlez ! de grâce,
parlez... ! »

En disant ces mots, je me précipitai aux genoux de la princesse.
« Relevez-vous, Hermann ! relevez-
vous, dit-elle d'une manière presque inintelligible, je ne sais rien...
je ne puis rien vous dire... Le désordre où je vous vois, ajouta-t-elle
d'un ton plus ferme, ne peut con-

venir ni à vous ni à moi ; rappelez
votre raison, et n'oubliez pas à qui
vous parlez...

« — Ah ! m'écriai-je, je reconnais
votre voix... oui, je l'ai déjà entendue, lorsque, arrivé aux portes du
tombeau, son accent déchirant et
douloureux vint me rappeler à la
vie... C'est vous, je vous reconnais...!
voilà cette forme légère qui m'est
apparue une fois ; elle me promit le
bonheur...! vous m'avez trompé...»

Voyant qu'elle voulait fuir, je
saisis ses mains avec égarement ;
elle me repoussa, mais je la retins
fortement. « Qu'avez-vous fait d'Hélène ? rendez-la moi, ou faites-moi
connaître son sort... le mien... il est

temps que les mystères dont je suis environné depuis si long - temps soient enfin éclaircis ; je veux tout savoir. — Vous saurez tout , Hermann ; mais Hélène est perdue pour vous ; vous ne la verrez plus.

« — Pourquoi donc avez-vous un jour flatté mon espoir et me promettiez-vous de m'unir à elle ? — Il le fallait, malheureux ! je vous voyais expirant , et j'ai cru que cette assurance vous rendrait à la vie. — Il fallait me laisser mourir ; Hélène est tout pour moi. — Une union entre vous est impossible. — Elle est déjà mon épouse... — Grand dieu ! qu'avez-vous fait ? Hélène est votre sœur ; de plus, la fille du

meurtrier de votre père..... Votre
mère n'y survivra pas. »

En achevant ces mots, la princesse tomba à mes pieds sans connaissance. Pour moi, parvenu au
dernier degré de l'égarement, je
parcourais toute la chambre sans
songer à la relever ni à lui porter le
moindre secours; je poussais des cris
étouffés, lorsque la petite porte
s'ouvrit. Je vis paraître madame
d'Arberg; elle se jeta à genoux près
de la princesse et souleva sa tête.
Je me prosternai aussi et pressai ma
mère dans mes bras; elle revint à
elle dans ce moment. « Mon fils,
dit-elle, mon fils, pardonne-moi! »

Ces paroles, prononcées avec l'ac-

cent inimitable de l'amour maternel, me firent tomber de nouveau
à ses genoux : c'était moi qui allais
lui demander grâce. « Hélène n'est
point ton épouse, n'est-il pas vrai?
— Ma mère, elle l'est devant le
ciel.... et je ne puis vivre sans elle.
— On ne meurt pas de douleur,
Hermann; j'ai survécu à la mort de
ton père... — L'aimiez-vous comme
j'aime Hélène? — Oui, mon fils.
Auras-tu moins de courage que ta
mère, qu'une faible femme? J'ai dû
vivre pour toi; ne seras-tu pas capable du même sacrifice? Tu ne réponds point; ton cœur reste glacé.

« — Ah ! ma mère, Hélène était
tout pour moi; séparé d'elle pen-

2.   6.

dant douze ans, jamais je ne pus la
bannir de mon cœur. Je l'ai retrou-
vée; serez-vous plus inexorable que
le ciel qui me l'avait rendue? Son
père fut le meurtrier du mien, me
dites-vous; mais elle est innocente
et pure; sa mère m'a recueilli, m'a
aimé, lorsque, pour de vaines con-
sidérations humaines, vous m'avez
éloigné de vous.

« Qu'étiez-vous alors pour moi?
une protectrice mystérieuse; ma
naissance faisait votre honte. Ah!
pour exiger que je vous sacrifie tout
le bonheur de ma vie, il fallait m'a-
vouer hautement; il fallait fuir avec
moi loin du monde; il fallait m'apprendre à haïr l'auteur de la mort

de mon père; il fallait enfin m'éloigner d'une famille qui ne devait
vous inspirer que de l'horreur, et
me répéter à chaque instant qu'aimer Hélène était un crime.

« —Tu as raison, d'Arberg, s'écria
ma mère. A l'entendre, nous ne pouvons rien exiger de lui, puisqu'il
méconnaît tous les sentimens de la
nature; il pense que je devais agir
comme lui; je devais le reconnaître
au moment de sa naissance, et ne
pas être arrêtée par la crainte de
plonger mon père dans le désespoir,
et de déshonorer ma race.

« Mes larmes, mes regrets ne sont
comptés pour rien. Avoir vaincu
l'horreur que m'inspirait la seule

idée de le voir élever par la femme de Saint-Séverin, quand ce sacrifice pouvait seul le sauver de la colère de mon père, n'est regardé par ce fils ingrat que comme un coupable abandon. Il oublie que lorsqu'il était mourant, lorsque pour la première fois le malheur est venu l'atteindre, j'ai tout bravé pour le soigner : s'il fût mort, je le suivais au tombeau.

« Pendant douze ans, mon active tendresse a prévenu ses moindres désirs ; j'ai veillé sur son avenir : il me doit les honneurs dont on l'a accablé ; car, au milieu des cours, le mérite n'est rien, lorsqu'il n'est ni appuyé ni protégé. J'étais là pour

faire valoir ses moindres actions. Il
me reproche de l'avoir renié ; l'ingrat ignore que sa naissance est
connue de l'empereur son maître.
J'ai été moi-même tout dévoiler,
lorsqu'il l'a fallu pour servir les
intérêts de ce fils qui me méconnaît.

« Ce que madame de Saint-Séverin a fait pour vous, je l'ai fait pour
sa fille , Hermann. Votre sœur, au
moins, n'est point ingrate ; elle re-
connaît tous les droits que j'ai sur
vous et sur elle. En lui confiant ce
funeste mystère , je l'ai suppliée de
vous voir ; car je sais bien qu'elle
seule pourra vous amener à remplir
votre devoir. Jusqu'à présent , je

n'ai pu obtenir cette grâce, et vous devez, mon fils, respecter sa volonté. »

Pendant ce discours, mon emportement se calma peu à peu, et le plus vif attendrissement y succéda. Ce fut à genoux que je sollicitai mon pardon; ma mère me releva, et tout fut excusé. Elle ne m'imposa nulle condition, et me dit qu'elle se confiait à ma générosité. « Je ne prétends pas, me dit-elle, vous dicter un sacrifice qui vous condamnerait à un désespoir éternel.

« Je ne vous demande que d'attendre et de réfléchir. Je vais vous laisser avec madame d'Arberg; elle vous fera connaître toutes les cir-

constances de mon histoire et de la
vôtre. Mon fils, votre mère vous aime, croyez-le : vous avez fait sa
gloire et son bonheur jusqu'à présent; elle espère tout de vous et de
votre tendresse. C'est à ce sentiment
qu'elle confie ses plus chers intérêts. » En achevant ces mots, la
princesse sortit du cabinet, et je
restai seul avec madame d'Arberg,
qui commença ainsi l'histoire qu'elle
avait à m'apprendre.

CHAPITRE XXIII.

> Le mépris profond conduit à
> l'horreur, jamais à la haine ;
> ces deux sentimens sont oppo-
> sés en principes et en résultats ;
> la haine ne respire que ven-
> geance, l'horreur ne connaît
> point ce sentiment.

« Le prince Christian de P..., souverain du petit état de P..., situé
sur les frontières de la Prusse et de

la Pologne , eût été parfaitement
heureux si le ciel ne lui eût enlevé
son épouse, qui mourut en donnant
le jour à la princesse Émilia. Cette
aimable enfant devint la seule consolation de son malheureux père; il
l'aima d'une tendresse sans égale,
et craignant qu'une seconde femme
ne la rendît malheureuse, il jura de
ne point se remarier : ni les prières
de sa famille, ni des raisons de poli-
tique ne purent l'engager à changer de résolution. Il s'occupa entièrement à faire le bonheur de
ses sujets, et pour unique délas-
sement il se rendait auprès de sa
fille, et passait près d'elle tous
les instans qu'il ne consacrait pas

2.

à d'utiles et honorables travaux.

« Pour montrer combien le parti qu'il avait pris de ne pas se remarier était irrévocable, il voulut se choisir un successeur dans sa famille.

« Le jeune comte Maximilien, fils d'une de ses sœurs, duchesse souveraine de T..., fut appelé à sa cour : il était seulement âgé de douze ans. Le prince Christian voulait présider lui-même à son éducation, afin de s'assurer qu'il remettrait le bonheur de ses sujets en des mains sûres, et qu'il trouverait un digne successeur.

« Le comte Maximilien, sous les yeux d'un gouverneur aussi éclairé

que vigilant, que son oncle lui choi-
sit, fit des progrès surprenans dans
toutes les sciences ; sa bonté, l'ex-
cellence de son caractère le firent
adorer non-seulement de son oncle,
mais de tous ceux qui l'approchè-
rent.

« On lui reprochait cependant une
humeur irascible à l'excès ; dans le
premier moment de sa colère, il ne
connaissait rien. Il est vrai que le
repentir suivait bientôt ces empor-
temens, et qu'il aimait à réparer ses
torts. Il est remarquable que les ca-
ractères francs et généreux sont sujets à se laisser dominer par la colère, et que, presque toujours, ils
en sont les premières victimes.

« Le comte Maximilien fut élevé avec la princesse Émilia. On croyait généralement que le prince régnant avait l'intention d'unir sa fille à son successeur : rien n'était dans le fait plus probable ; le rapport d'âge, de convenance, tout se trouvait parfaitement assorti. Maximilien avait huit ans de plus que sa cousine, et tout annonçait son précoce attachement pour cette aimable et charmante enfant.

« Lorsque le prince régnant partit pour conduire des troupes à l'empereur d'Autriche, il mena avec lui son neveu, âgé seulement de seize ans. Le chagrin d'Émilia fut sans égal. Il ne se calma point au retour de son père, qui revint seul : il avait jugé convenable de laisser Maximilien à la cour de Vienne, voulant qu'il s'accoutumât à commander des soldats qui devaient un jour lui appartenir. Il était temps d'ailleurs qu'il fît ses premières armes.

« La tristesse de la jeune princesse se calma peu à peu : l'absence de son cousin se prolongea ; car au bout de deux ans (temps que dura la guerre), il écrivit à son oncle pour lui demander la permission de voyager quelques années, et il obtint ce qu'il désirait. Le prince Christian nomma le baron d'Arberg, mon mari, pour l'accompagner, et il exigea qu'ils voyageassent incognito, afin que, pouvant se rapprocher davantage de toutes les classes de la société, le comte pût mieux étudier le caractère des hommes ; étude si nécessaire à un souverain, et malheureusement trop négligée.

« Le comte Maximilien parcourut la plus grande partie de l'Europe : il vit successivement la France, l'Angleterre, l'Italie, la Russie ; il finit par visiter tous les petits états d'Allemagne. Ses voyages durèrent quatre ans, et au bout de ce temps il revint à la cour de P...

Il avait déployé dans ses premières campagnes une valeur et une prudence à toute épreuve ; adoré des soldats, il était sûr que sous ses or-

dres ils ne reculeraient jamais : tout
devait enfin assurer à ce jeune prince le bienveillant accueil qu'il reçut
en effet de son oncle.

Toute la cour de P... s'empressait
à sa rencontre ; il la trouva réunie
à une journée de sa résidence, et le
prince régnant avec sa fille, sous le
prétexte de la chasse, alla l'attendre
à un château qui se trouvait sur la
route, afin de hâter de quelques
heures le moment de la réunion.

« En apercevant son souverain,
Maximilien se jeta en bas de son
cheval, et courut se précipiter à ses
genoux ; mais il fut reçu dans ses
bras et pressé contre sa poitrine. Se
retournant aussitôt vers sa fille, et la

présentant à son neveu : « Voici ma
fille, lui dit le prince, embrassez-
la ; je désire voir régner entre vous
la plus tendre affection, et mon vœu
le plus ardent est de ne jamais nous
séparer. »

« Maximilien s'inclina sur la main
de la princesse ; mais, au moment
où, pour obéir à son père, Émilia
lui présenta sa joue, on le vit rougir. Il était difficile, il est vrai, de
ne pas être ému en voyant cette
jeune princesse : sa beauté n'avait
peut-être rien de frappant ; mais il
régnait sur son aimable physionomie je ne sais quel mélange de sensibilité et de douceur, de grâce et
d'esprit ; elle avait d'ailleurs la beauté,

la fraîcheur d'une jeune princesse.
Il était impossible de rester indifférent en la voyant.

« Les qualités de son âme étaient encore au-dessus de ses perfections physiques. Dans un âge aussi tendre, les malheureux trouvaient déjà en elle une protectrice zélée et éclairée. Parler d'Émilia aux peuples de P..., c'était leur rappeler l'ange consolateur qui soulageait leurs misères. Jamais l'infortune n'implora vainement sa bonté. Chaque matin, suivie d'une seule femme, elle sortait du palais, et ses pas se tournaient toujours vers la demeure des pauvres. Ses belles mains pansaient les plaies, essuyaient les larmes, et elle

rentrait chez elle satisfaite de l'em-
ploi de son temps : elle avait pour
récompense les bénédictions et l'a-
mour de tous ceux qu'elle avait se-
courus.

« J'avais été chargée de l'éducation de la princesse ; mais j'avais
trouvé tout facile, car la nature avait
tout fait pour mon intéressante élève.
Je n'eus jamais qu'à me louer de sa
docilité et de sa constante application. A seize ans, la princesse Émilia
était le chef-d'œuvre de la nature et
de l'éducation. Si le comte Maximilien avait été ébloui de sa beauté,
lorsqu'il connut toutes les perfections de celle qui lui était destinée
pour épouse, il l'aima avec une ar-

deur que je ne pourrais décrire sans
me faire taxer d'exagération. Son
âme si ardente ne devait pas mettre
de bornes à un attachement qui était
d'ailleurs d'accord avec ses devoirs.

« Peu de jours après son arrivée,
le prince régnant le fiança publique-
ment avec sa fille, et fixa leur union
à six mois, voulant, disait-il, que
les deux époux se connussent et pussent en toute assurance se jurer un
amour éternel.

« Pendant ce temps, le comte
Maximilien obtint la permission de
voir chaque jour sa jeune fiancée,
et même de l'entretenir sans témoin.
Lorsqu'il arrivait chez Émilia, nous
nous retirions par discrétion, et elle

passait ainsi plusieurs heures à entendre les assurances d'un amour
qu'elle partageait elle-même trop
bien pour que l'expression d'un semblable sentiment n'exaltât pas encore
les siens.

« Le temps de son union avec
Maximilien approchait : les réjouis-
sances, les fêtes qui devaient avoir
lieu à cette époque étaient déjà pré-
parées, et la célébration du mariage
était fixée à huit jours. La princesse,
qui jusqu'à ce moment avait paru
heureuse et gaie à tous ceux qui
l'environnaient, changea tout à coup.
Je n'entrais plus chez elle sans la
trouver baignée de larmes ; je lisais
dans son regard abattu un chagrin

profond et concentré ; ce n'était que
devant son père qu'elle s'efforçait
de dissimuler sa souffrance. Je voulus l'interroger ; mais elle m'imposa
silence, et me nia même qu'elle eût
le moindre sujet de s'affliger.

« Je n'éprouve, me dit-elle, qu'une
légère indisposition ; le bonheur qui
m'attend la dissipera. » La veille de
ce mariage arriva enfin ; le comte
Maximilien ne quitta pas de tout le
jour sa cousine ; ses yeux, fixés sur
elle avec amour, lui juraient de ne
jamais changer, et elle paraissait
avoir tout oublié.

Le prince régnant s'applaudissait
d'avoir fait deux heureux. Maximilien
resta fort tard au palais qu'il devait

venir habiter le lendemain pour ne
plus le quitter. Il descendait lentement le large escalier qui condui-
sait dans la cour, et, prêt à monter
dans sa voiture, il s'arrêta, et, s'ap-
puyant sur le bras de mon mari, il
l'engagea à faire quelques tours dans
le parc.

La soirée était superbe ; M. d'Arberg y consentit ; ils se promenèrent
assez long-temps. La nuit était avan-
cée, et le prince continuant toujours à marcher, et voulant se rendre chez lui à pied, ils se trouvèrent
devant la caserne. La sentinelle qui
devait être en faction était à moitié
couchée le long de la guérite, et paraissait endormie. Sévère pour tout

ce qui avait rapport à la discipline
militaire, Maximilien s'approcha vivement du factionnaire, et le frappant du pommeau de son épée, il
lui cria : « Je te ferai passer à un
conseil de guerre, et nous verrons
si tu t'endormiras. »

Le soldat, réveillé par le coup,
saisit son fusil, et, le couchant en
joue, s'écria : « Je suis gentilhomme
et volontaire ; je ne puis supporter
un tel outrage sans en demander réparation.

« — Une réparation ! reprit le prince
exaspéré, demandes-en encore une
pour le coup... » A peine finissait-il
ces mots, qu'il allongea de nouveau
son épée pour en frapper le soldat ;

comme la première fois ; mais celui-
ci posa son doigt sur la détente, le
coup partit, et le malheureux Maximilien tomba mort à ses pieds.

« Le soldat, jetant son arme à
terre, se mit à fuir ; et quelles que
fussent les perquisitions que l'on fit
plus tard pour le retrouver, elles
furent toutes inutiles.

« Qui peut décrire l'effroi et la
douleur de M. d'Arberg, lorsqu'il
se vit enlever son élève chéri par un
événement aussi tragique ! Il se jeta
à terre près de lui, et chercha à le
ranimer.

« Tous les soldats, attirés par ses
cris et par le coup de fusil, l'entou-
rèrent et poussèrent comme lui de

lugubres gémissemens. On fut instruit promptement au château de
cette affreuse nouvelle. Le prince
Christian, le cœur navré de douleur, donna l'ordre de ne rien dire
à sa fille ; car connaissant son amour
pour son cousin, il craignait qu'apprenant son malheur sans prépara-
tion, elle n'y succombât. Il appela
tous les médecins autour de son
neveu ; mais on s'aperçut bientôt
qu'on ne pouvait le sauver : le coup
était mortel. Au bout de quelques
heures, le comte Maximilien n'était
plus.

CHAPITRE XXIV.

Une belle âme repousse le
crime , un cœur sensible s'y
prête. Il y a des gens qui trépi-
gnent sur un défaut d'autrui ,
quand ils ne peuvent pas mor-
dre sur un vice.

« Le prince régnant passa la nuit
auprès du corps de celui qu'il se
plaisait à regarder comme son fils.

Le jour arriva : il fallait instruire la
princesse. Son père entra seul dans
son appartement ; il la trouva à genoux, baignée de larmes. Il s'approcha vivement, et la pressant dans
ses bras : « Oui, mon Émilia, lui
dit-il, pleurons ensemble l'ami qui
n'est plus, et résignons-nous à la
volonté du ciel. — Que dites-vous,
mon père ? — Maximilien est mort.
Vous le saviez... »

« Le prince ne put achever, car
sa malheureuse fille perdit connaissance ; elle ne revint à elle que pour
tomber dans un délire qui dura plusieurs semaines. On craignit pour sa
raison.

« Peu à peu la santé de la princesse

se rétablit; mais elle était si affaiblie, qu'elle obtint de son père la permission de se retirer pendant quelque temps dans un château situé à peu de distance de la résidence, et elle partit avec moi et mon mari. Arrivée dans cette retraite, elle s'abandonna sans réserve à sa douleur : les jours, les semaines s'écoulaient, et rien ne semblait y apporter le moindre adoucissement. Je pris enfin sur moi de la rappeler à cette soumission envers le ciel qu'elle semblait avoir oubliée; mais à peine commençais-je à lui parler, que ses larmes coulèrent avec plus de violence.

« Oui, je sais, s'écria-t-elle, tout

ce que vous pouvez me dire à ce
sujet; je sais que je dois me soumettre au châtiment, car je l'ai mérité.

« — Vous, madame? votre âme
si pure n'a commis aucune faute....

« — Et l'amour que j'avais pour
Maximilien n'en était-elle pas une?
Il était tout pour moi.

« — Il devait être votre époux,
votre père autorisait votre mutuel
attachement.

« — Ah! d'Arberg, combien vous
me jugez avec indulgence! Vous
ne savez pas combien je la mérite
peu. »

« Ces mots échappés à Émilia me
surprirent et m'alarmèrent; je priai,

je pressai, et la princesse m'avoua alors que, vaincue par les prières de Maximilien, enivrée de son amour, elle lui avait accordé les droits d'un époux, et qu'elle croyait porter dans son sein un gage de sa faute et de son déshonneur.

« Je restai immobile d'étonnement et d'effroi en recevant cette confidence. Comment sauver du déshonneur et de la malédiction paternelle cette malheureuse princesse, que j'aimais comme si elle eût été ma fille, et pour qui j'aurais sacrifié mille fois ma vie?

« Il fallait prendre un parti décisif; il fallait ou instruire le prince Christian, ou user d'adresse et cacher ce secret au monde entier.

« Émilia voulait tout avouer ; mais je lui démontrai si vivement que c'était donner à son père le coup de la mort, qu'elle se décida à dissimuler son état. Nous mîmes dans notre confidence M. Reinhart, premier médecin du prince, qui m'était entièrement dévoué ; il dit à son souverain que sa fille était attaquée d'une maladie de langueur, et que l'air et la tranquillité de la campagne pouvaient seuls la rétablir.

« Mais que faire de l'enfant ? on ne pouvait le garder près de la résidence ; car la sensibilité de la princesse m'était si bien connue, que je

savais à n'en pouvoir douter que son
amour pour son enfant finirait par
trahir le secret qu'il nous importait
si bien de garder. Je m'adressai à
M. Reinhart pour qu'il pût me gui-
der dans le choix d'une personne
sûre et fidèle à qui on pût confier
le sort de cet enfant. « Il faudrait,
lui dis-je, que cette personne consentît à s'éloigner, et pût emmener
cette innocente créature loin de ce
pays. Nous assurerions son existence. » Il était facile de tromper
la princesse dans le premier moment, et peu à peu elle s'habitue-
rait à en être séparée.

« M. Reinhart réfléchit un moment ; puis il me dit qu'il cherche-

rait ce que je lui demandais, et qu'il me rendrait réponse.

« Quelques jours après il m'apprit qu'il avait trouvé un homme, dont il répondait comme de lui-même, qui se chargerait de l'enfant. « C'est un gentilhomme français, me dit-il. Des raisons de la plus haute importance l'ont forcé à quitter sa patrie; il vient de recevoir la permission d'y rentrer. Comme il m'a des obligations, et qu'il s'est aperçu de la préoccupation où m'avait laissé notre dernier entretien, je n'ai pas cru devoir user de réserve avec lui : j'ai éprouvé sa discrétion. Il m'a offert de se charger de l'enfant, et de l'élever conve-

2.   8

nablement au rang de sa mère. »

« Je fus étonnée qu'un étranger
voulût s'imposer un semblable far-
deau ; je questionnai vivement
M. de Reinhart : je savais qu'il était
le moins dissimulé des hommes ; il
se troubla. « Je ne puis accepter
votre proposition, lui dis-je, si vous
ne me dites pas l'entière vérité ; il
faut que je connaisse cet homme,
que je m'assure de sa moralité, que
je sois sûre qu'il ne vous en a pas
imposé, et que la cupidité ne soit
pas son seul mobile.

« La princesse a placé en moi toute
sa confiance, et je ne puis digne-
ment la mériter qu'en veillant scru-
puleusement au bien-être de son en-

fant. — Je partage vos opinions à cet
égard, Madame; mais vous pouvez
vous reposer sur moi du soin dont
vous m'avez chargé : je réponds de
M. de Saint-Séverin comme de moi-
même. Je le répète, ce n'est point
l'intérêt qui le guide; il ne veut
rien prendre pour l'entretien de
l'enfant : des motifs particuliers
l'engagent seuls à s'en charger.

« — Quels sont-ils ?

« — J'ai promis de me taire.

« — M. de Reinhart, si vous ne
m'éclaircissez ce mystère, je ne
puis vous remettre cet enfant.

« — Que dites-vous, Madame?
pour une vaine curiosité, vous pri-
veriez ce jeune infortuné d'un ap-

pui sûr, d'une protection honorable?
— Oui, monsieur, parce qu'il faut
que je réponde à sa mère des soins
dont il sera entouré, et je ne le puis
sans connaître celui à qui nous de-
vons le remettre.

« — Si vous le connaissiez, peut-
être le refuseriez-vous? Le repos de
son existence dépend de cet enfant;
lui seul peut l'aider à expier une
faute dont la seule pensée le plonge
dans le désespoir.

« — M. de Reinhart, de grâce, parlez; ne me laissez pas dans le doute le plus inquiétant : cet homme
ne peut être....

« — Oui, Madame, vous l'avez
deviné; M. de Saint-Séverin est l'as-

sassin du prince Maximilien ! Sus-
pendez votre jugement, et écoutez-
moi.

« M. de Saint-Séverin, obligé de
sortir de France pour un duel, se
réfugia en Silésie, où il s'engagea
comme soldat. Il y avait un an qu'il
traînait ici une existence obscure et
malheureuse : le soir si désastreux
pour nous, il fut pris en faction par
un mal violent, et au moment où le
prince passait, il était à peu près
sans connaissance. Le plus sanglant
outrage qu'un gentilhomme puisse
recevoir le rappela à lui-même :
naturellement violent et emporté,
M. de Saint-Séverin ne put résister
à son premier mouvement ; il cou-

cha en joue son agresseur, et l'é-
tendit mort à ses pieds. Il se sauva
aussitôt : en parcourant la ville, il
vit ma porte ouverte; il s'élança
dans la maison, entra dans mon cabinet où j'étais seul. « Sauvez-moi !
s'écria-t-il en désordre; je suis
poursuivi. »

« Effrayé de voir un homme à
cette heure et dans cet état, j'allais
appeler, lorsqu'il me retint et me
raconta rapidement ce qui venait
de se passer. Il ignorait quel était
le malheureux qui était tombé sous
ses coups. « Je me confie entièrement en votre humanité, me dit-
il. Vous pouvez d'un mot m'envoyer
à la mort; mais si vous écoutez vo-

tre cœur, il vous dira que vous devez protéger un étranger qui n'a pu supporter un affront qui flétrissait son honneur. »

« A peine M. de Saint-Séverin finissait-il de parler, qu'on frappa rudement à ma porte ; je le fis d'abord entrer dans ma chambre, où je l'enfermai à double tour ; puis, je me rendis au palais, où j'étais appelé pour le prince Maximilien. Je devinai à l'instant quel était son assassin, et je fus tenté un moment de le livrer à la rigueur des lois ; mais un sentiment de pitié et de justice réprima ce premier mouvement. Si j'eusse arrêté M. de Saint-Séverin dans la rue, je n'aurais pas

balancé; mais trahir la confiance
qu'on mettait en moi, et envoyer
à la mort un homme qui n'était
coupable que de s'être vengé lui-
même, et d'avoir cédé à un mouvement de colère dont on lui donnait l'exemple, me semblait indigne
de mon caractère. Vous frémissez,
Madame; mais soyez juste : exami-
nez la conduite du comte Maximilien, et convenez qu'il s'était attiré
l'acte de violence dont il a été victime.

« Je ne puis peindre le désespoir de
M. de Saint-Séverin, lorsqu'en rentrant je lui appris la suite de son
emportement : il voulait aller se livrer lui-même à la justice. Je calmai

ses premiers mouvemens, et en lui
parlant de sa femme et de ses enfans qu'il aimait tendrement, je par-
vins à le ramener à des sentimens
plus modérés. Il resta caché chez
moi, et, à peine rétabli d'une maladie causée par ses remords et ses
chagrins, il reçut il y a peu de
jours la permission de rentrer en
France, et il se disposait à partir
lorsque ma préoccupation l'a frappé. Ayant reconnu, depuis le premier moment de notre connaissance, que je pouvais avoir une entière
confiance en lui, je lui ai parlé de
l'embarras dans lequel nous nous
trouvions, et de la situation de la
princesse Émilia.

« En apprenant ce triste secret,
toute sa douleur s'est renouvelée,
et pendant plusieurs heures j'ai
craint de l'y voir succomber. La
seule pensée de se charger de cet
enfant a suffi pour le ranimer : il
voulait aller se jeter aux pieds de la
princesse ; je l'ai arrêté jusqu'à présent en lui promettant de vous parler, et de vous faire agréer sa proposition.

« — Qu'il se garde bien de voir
la princesse, m'écriai-je ; il se rendrait coupable d'un second assas-
sinat. »

« M. de Reinhart alors prit la parole ; il me parla avec tant de cha-
leur des éminentes qualités de

M. de Saint-Séverin, que je cédai
à ses instances : nous convînmes
seulement de ne rien dire à la princesse. Son intérêt exigeait que nous
la trompassions dans les premiers
temps.

« Le moment de votre naissance
arriva, mon cher Hermann ; je vous
reçus dans mes bras, et lorsque je
vous enlevai à votre mère, je jurai
de consacrer ma vie à veiller sur
votre sort, à la remplacer pour vous,
puisqu'un sévère devoir la forçait à
vous éloigner d'elle. Nous fûmes
obligés, M. de Reinhart et moi,
d'user de violence pour vous arracher de ses bras ; nous profitâmes
d'un moment où ses forces l'aban-

donnaient ; je vous enveloppai dans
une large pelisse, et je descendis
dans le parc, où M. de Saint-Séverin
m'attendait depuis plusieurs heures.
Je m'approchai vivement de lui, et
vous déposant sur son sein : « Vous
jurez, lui dis-je, de remplacer le
père que vous lui avez ôté ?

« — Oui, je le jure ! me dit-il en
se prosternant ; et que le ciel me
punisse si je manque à ce serment. »
Dans ce moment, la lune sortit d'un
nuage, et je vis M. de Saint-Séverin
à genoux, et vous élevant vers le
ciel, comme pour le prendre à témoin de l'engagement qu'il venait
de contracter. Sa figure noble et im-
posante ne pouvait tromper ; je crus

voir pour vous un avenir heureux :
j'imprimai un dernier baiser sur votre front, et je m'enfuis rapidement
vers le château.

CHAPITRE XXV.

> Il faut que la franchise soit une
> qualité bien séduisante ; car ce
> sont souvent ceux qui la possèdent
> le moins qui l'affectent le plus.

« En rentrant près de la princesse, je la trouvai agitée et deman-
dant son fils ; M. de Reinhart avait

éloigné tout son monde d'auprès
d'elle, ét nous parvînmes à lui rendre un peu de tranquillité, en lui
parlant de vous et en l'assurant que
vous étiez bien. Elle se rétablit
promptement.

« Il semblait que l'amour qu'elle
ressentait pour vous lui eût donné
une nouvelle existence; elle parlait
sans cesse de son fils. Il fallut lui
découvrir la vérité : nous le fîmes
avec ménagement. Lorsqu'elle apprit à qui nous vous avions confié,
elle nous accabla de reproches ;
mais une lettre d'Albert, que j'avais
chargé de vous suivre en France,
la rassura sur votre sort.

« M. de Saint-Séverin vous soi-

gnait comme si vous aviez été son
fils : il avait voyagé à petites journées par égard pour votre faiblesse,
et à son arrivée en France, il vous
avait placé à la campagne et vous
faisait élever par une excellente gou-
vernante.

« Tous les mois nous recevions
une lettre d'Albert, qui resta près
de vous jusqu'à votre septième an-
née. Alors la révolution française
arriva : vous étiez au collége lorsque M. de Saint-Séverin fut obligé
de quitter la France ; il emmena sa
famille, et vous confia à M. de Saint-
Clair, son meilleur ami : il lui dit
que vous étiez le fils illégitime d'une
de ses sœurs.

« Arrivé dans les colonies, il suc-
comba très-jeune encore à une ma-
adie de langueur. En mourant, ce
'ut à sa femme qu'il vous recom-
manda, mais sans lui apprendre encore votre véritable origine. Vous
avez toute la tendresse qu'elle a
ue pour vous jusqu'au moment où
'arrivai en France.

« La princesse Émilia revint à la
our de son père ; mais elle s'obstina
à refuser tous les partis qui se pré-
sentèrent pour elle : son père, qui
'adorait, ne voulait la contrarier
en rien. Plusieurs années s'écou-
èrent.

« Les troupes françaises avan-
çaient rapidement en Allemagne :

2.   8.

le héros qui les commandait savait profiter des avantages qu'il obtenait chaque jour. Le prince de P..., cerné de toutes parts, se vit forcé ou d'abandonner l'héritage de ses pères, ou de s'unir au conquérant par un traité d'alliance. Il ne voulut pourtant s'engager à rien avant d'avoir parlé à la princesse. Il lui démontra vivement la cruelle position où il se trouvait réduit.

« L'unique moyen de sauver son pays était en la puissance d'Émilia : il fallait qu'elle consentît à accorder sa main à un prince français, qu'il adopterait pour son fils et son successeur. La princesse hésita un moment; mais elle céda enfin; elle le devait. Son époux prit son nom, et devait hériter de ses possessions.

« Pareille cérémonie avait eu lieu quinze ans plus tôt ; mais combien les temps et les sentimens étaient changés ! Nos cœurs partageaient les angoisses qui déchiraient celui de l'infortunée Émilia. Elle suivit son époux en France ; deux ans après elle perdit son père. Mon mari et mes enfans étaient morts : rien ne pouvait plus m'attacher au pays qui m'avait vue naître ; je suivis la princesse dans sa nouvelle patrie.

« Je m'établis près de son hôtel, et je la voyais tous les jours. Ce fut alors que madame de Saint-Séverin arriva à Paris, et vous retira du collége.

Votre mère frémissait en songeant
que vous deviez tout à une famille
qui lui était odieuse ; mais elle ne
pouvait vous reconnaître, ni vous
prendre près d'elle ; car elle avait
une fille de son altesse le duc de B...,
qui réclamait aussi son amour. « Eh
quoi ! Madame, répondis-je stupé-
fait, ma mère fut épouse adultère !
— Hélas ! bien malheureusement,
reprit madame d'Arberg, les larmes
aux yeux.

« Depuis long-temps votre mère
était triste et rêveuse ; plus d'une
fois je l'avais surprise pleurant ou
venant de pleurer ; elle changeait et
maigrissait à vue d'œil. « Tout cela
n'est pas naturel, me dis-je... j'ai

bien envie de lui demander... non , ce ne serait pas bien ; elle m'aime, et n'ignore pas combien je lui suis attachée... si son cœur renferme un secret, et qu'elle ne m'en parle pas la première, c'est qu'elle a proba- blement des raisons pour le taire ; l'arracher à force d'importunités, ce serait persécution et non pas ami- tié. » Au même moment elle entra dans l'appartement , rêveuse et mé- lancolique , sans m'apercevoir, et en prononçant ces mots :

« Trois mois absent ! et point de nouvelles... il a, sans doute, oublié sa victime ! »

« Que parle-t-elle de victime ? me dis-je à part moi ; allons, je ne dois

pas écouter ce qu'elle dit, puisque
ce n'est point à moi qu'elle adresse
la parole. Et votre mère, toujours
préoccupée, continuait ainsi :

« Et moi, je ne m'occupe que de
lui et de ma fille ! leur image à tous
deux me suit partout... même auprès de mon époux... — Mon époux !
Dieu ! comment osé-je prononcer ce
nom ? quelles idées sinistres me
poursuivent ? quel pressentiment affreux s'élève dans mon âme ? quelle
sera donc pour moi la journée
qui commence ? suis-je enfin arrivée au terme de mes longues douleurs ? »

« Alors je m'approchai de votre
mère, et lui dis : « Parlez plus bas ;

Madame, je vous en prie, si vous
ne voulez pas me mettre dans votre
confidence !

« — Ah ! c'est vous, madame
d'Arberg.

« — Oui, Madame, je suis bien
triste de vous voir depuis quelque
temps si mélancolique.

« — Vous m'avez entendue ?

« — Il n'aurait tenu qu'à moi...
mais je vous ai bien vite fait apercevoir que j'étais là, pour que vous n'en
disiez pas davantage ; parce que,
voyez-vous, lorsqu'on se parle à soi-
même, il y a tout à parier qu'on se
tairait si l'on était sûr d'être écouté.

« — Votre curiosité serait bien
naturelle, me dit-elle... je ne l'im-

puterais qu'à votre amitié pour
moi...

« — Ah ! Madame, comment se-
rait-ce autre chose ? Vous savez si
je vous aime ! jamais je ne vous ai
quittée ; enfin mes soins ont contribué à vous rendre si bonne et si aimable.

« — Ma chère madame d'Arberg,
quel temps me rappelez-vous ?

« — C'est un temps qui vous fait
honneur, et à moi aussi. Fille d'un
prince aimé de ses sujets (que Dieu
fasse paix à votre illustre père !),
vous êtes chérie de tous ceux qui
vous connaissent : on a beau voir les
jeunes seigneurs rôder autour de
vous, cela ne fait rien sur vous ;

tandis que les mauvaises langues s'exercent sur les princesses de la cour de France, on n'a jamais osé effleurer votre réputation ; toutes les mères vous proposent pour exemple à leurs filles, tous les pères vous souhaitent pour épouse à leurs fils : aussi le ciel a récompensé tant de sagesse en vous donnant un excellent mari, qui fait votre bonheur, que vous rendez heureux, et qui mérite de l'être. »

« Elle me répondit avec un accent douloureux : « Et vous aussi, d'Arberg, vous déchirez mon cœur ? Je suis la plus malheureuse des femmes !

« —Ah ! mon Dieu, est-ce qu'il

2.

9

serait possible ? votre mari, en dé-
pit de son air de bonté, et malgré
toutes ses caresses apparentes....

« — Non ; mon époux est l'être
le plus estimable, personne plus que
lui ne mérite mieux d'être aimé !

« — Il est vrai, répliquai-je, qu'il
faudrait être bien difficile pour s'y
refuser... un si bel homme, d'une
figure aimable, et qui a de l'esprit.
Aussi toutes les femmes de la cour
envient votre sort..... Mais puisque
ce n'est pas lui qui vous donne du
chagrin, d'où viennent donc ces
pleurs que vous versez quand vous
vous croyez seule, et dont vous vous
efforcez de me cacher les marques ?

« — Comment vous révéler mes

peines?... ah! le pourrai-je jamais?...

« — Non-seulement vous le pouvez, mais vous le devez... Ne suis-
je plus cette bonne d'Arberg que
vous aimiez et que vous aimez encore, qui souffre de vous voir souffrir, et qui n'abusera jamais de votre confiance!

« — Je connais votre cœur, me
dit votre mère; je suis sûre de votre
discrétion, de votre prudence;....
mais il faut vous avouer ma honte,
et déjà la rougeur de mon front...

« — Vous, rougir! de quoi donc?
Ah! Madame, auriez-vous quelque
chose à vous reprocher?

« — La plus grande des fautes,

répondit-elle en fondant en larmes.
Ah ! madame d'Arberg , si je parle,
vous allez me haïr., vous allez me
mépriser...

« — Cela n'est pas possible. Je
vous respecte autant que je vous
aime... mon âge, mon expérience,
et surtout ma tendresse, doivent
vous encourager à n'avoir point de
secret pour moi.... vous savez que
je suis indulgente. Allons, Madame,
un peu de courage !

« — Eh bien ! au risque de perdre votre amitié, votre estime, vous
allez lire dans ce cœur malheureux,
vous allez apprendre ce fatal secret
dont je me reproche de vous avoir
fait si long-temps un mystère ; cet

horrible secret que cent fois mes
remords et mes larmes ont pensé
trahir aux yeux de l'époux respec-
table à qui j'ai tant d'intérêt de le
cacher. Vous le voulez? apprenez
donc...»

« Au même moment, on vint an-
noncer l'arrivée de S. A. le duc
de B.... « Dites que je n'y suis
pas, répondit votre mère dans une
agitation cruelle. Voilà, madame
d'Arberg, celui qui cause tous mes
tourmens. Fermez, fermez cette
porte; je ne veux pas le voir.

« — Ma pauvre Émilia, je ne m'é-
tonne plus de l'amitié du prince
pour votre mari, et je devine maintenant le sujet de votre tristesse et

la cause des pleurs que vous versez
depuis six mois ; M. le duc est aimé de vous. Allons ; puisque vous
avez failli, on ne peut répondre de
personne... je ne sais pas si je ré-
pondrais à présent de moi-même.

« — Vous ne savez rien encore,
me répondit votre mère éplorée.

« — Ah ! madame, à quel homme
vous êtes-vous attachée ? on en parle
bien mal à la cour. Si vous saviez
tout ce qu'on raconte de son altesse, si vous connaissiez le nom-
bre de ses bonnes fortunes, cela vous
ferait trembler ; on dit qu'il passe
sa vie à séduire les jeunes filles, à
tourmenter les maris, à déshonorer
les femmes... Grand Dieu ! qu'avez-

vous fait ? et que deviendront votre
repos, le bonheur de votre époux,
votre réputation et la sienne ?

« — Ma chère madame d'Arberg,
ne me condamnez pas au moins sans
m'entendre. Oui, je suis coupable ;
mais sans avoir jamais conçu le projet de le devenir, sans avoir un moment consenti à ma honte, en fai-
sant d'incroyables et inutiles efforts
pour combattre mon fatal amour et
pour lutter contre ma destinée.

« — Les monstres d'hommes ! reprit madame d'Arberg. Comment
avez-vous pu vous laisser séduire
par les belles paroles du prince ?

« — Vous allez tout savoir. Je ne
vous parlerai point du temps qui

précéda mon hymen avec M. le maréchal..... ; vous savez qu'en l'épou-
sant je ne fis qu'obéir au vœu de
mon père : mon cœur n'éprouvait
pour mon mari ni tendresse, ni répugnance ; je rendais justice à l'a-
mabilité de son caractère, à ses
vertus, à sa bonté.

« Depuis notre hymen, quatre
années s'écoulèrent dans la plus parfaite tranquillité ; des prévenances
qui ne coûtaient rien à mon cœur,
mon estime pour un époux respec-
table, mon amitié qu'augmentait
chaque instant, lui tenaient lieu
d'un sentiment plus tendre.

« Il était heureux, je l'étais moi-
même. Hélas ! je n'avais pas connu

l'amour depuis la perte de Maximilien. Un jour que des devoirs pieux
me conduisaient à l'église de l'As-
somption, un jeune homme vint se
placer près de moi : sa taille était
parfaite, sa figure charmante. Il
paraissait m'examiner avec le plus
tendre intérêt; son regard me troubla : j'évitais de rencontrer ses yeux,
et, malgré moi, je les cherchais
toujours.

« Je sortis et je m'efforçai d'écar-
ter loin de moi son image, que mon
cœur involontairement se retraçait
à chaque instant du jour. Poussée
par un sentiment que je ne puis dé-
finir, je retournai plus souvent dans
cette fatale église; j'y rencontrai

toujours cet inconnu. Un jour il me
salua et m'adressa la parole sur des
choses indifférentes ; mais il y donnait du prix par la manière dont il
s'exprimait.

« M. de Saint-Victor, aide de camp
du prince, s'aperçut sans doute de
l'intérêt avec lequel je l'écoutais ;
son langage devint plus tendre. Sé-
duite par mon propre cœur , je
m'obstinai à ne voir dans ses discours que des galanteries d'usage ;
j'écartai loin de moi tout ce qui pouvait me prémunir contre lui : sûre
de ma vertu, confiante en mes prin-
cipes, je me crus à l'abri de toute
séduction, et je ne m'aperçus d'une
passion trop funeste que lorsqu'il

n'était plus temps de la combattre, et j'avais perdu jusqu'à la volonté de m'y soustraire.

« M. de Saint-Victor, sous le prétexte de vendre des tableaux d'histoire au maréchal, eut plusieurs fois l'occasion de venir à l'hôtel ; mon époux, dans l'espoir de bien se faire venir du prince, fit à son aide de camp l'accueil le plus flatteur.

« — On dirait, repris-je à l'instant, qu'il y a un mauvais génie qui guide les maris, et qui les conduit au devant de leur perte ; s'ils ont une politesse à faire, c'est toujours à celui qui ne s'introduit chez eux que pour en conter à leur femme.

« — Ah ! plaignez-moi et ne m'accablez pas, ma chère madame d'Arberg.

« — Ce n'est pas là mon intention, Madame ; continuez.

« — M. de Saint-Victor venait depuis long-temps à l'hôtel ; il m'avait parlé sans mystère ; je connaissais son amour, je ne le partageais que trop ; mais je savais résister à mon fatal penchant ; et pour m'arracher entièrement au danger, j'avais formé la résolution d'avouer tout à mon époux, et de contraindre M. de Saint-Victor à cesser ses visites... J'allais parler, lorsque je reçus une lettre signée duchesse de B.... On lui a beaucoup vanté, m'écrit-elle, mon goût, ma figure et mon caractère ;

elle veut faire connaissance avec
moi, et me consulter pour un bal
qu'elle veut donner à son château
pour le jour de sa fête; elle m'en-
voie sa voiture, et me prie de
venir, sans différer d'un moment,
à B....., où l'on m'attend avec impatience...

« Moi, sans défiance, je suis le
domestique à la livrée du prince,
qui me sert de guide; l'équipage me
conduit au bois de Boulogne; il entre dans une maison de belle appa-
rence; je descends de voiture sous
le vestibule, et après avoir monté
le grand escalier, on m'introduit
dans un salon, en me priant de
passer dans le cabinet du fond. Je

traverse seule plusieurs apparte-
mens; mais, au lieu de la duchesse
que je venais chercher... qui trou-
vai-je? son altesse le duc de B...,
qui depuis trois mois brûlait d'a-
mour pour moi.

« Je vois qu'on m'a trompée; je
découvre trop tard l'abîme entr'ou-
vert sous mes pas : je veux fuir;
mais inutiles efforts ! j'étais en son
pouvoir; nuls témoins dont mes cris
pussent implorer l'assistance; j'avais
à lutter contre la force et contre mon
propre cœur... les sermens les plus
sacrés, le langage passionné de l'a-
mour, l'expression du sentiment,
tous les genres de séduction, tout
s'arma contre moi, tout fut em-

ployé , jusqu'aux moyens les plus odieux. « J'en atteste le ciel, me dit votre mère , le triomphe de cet homme exécrable est un crime, dont mon cœur, tout égaré qu'il était , ne fut point le complice... Et je revins à l'hôtel la honte sur le front, et le remords, le désespoir dans le fond de mon cœur. »

« Je lui dis que, dans ce moment, je la voyais plus malheureuse que coupable, et elle me répondit avec l'expression la plus douloureuse : Oui, oh! oui, bien malheureuse ; mais coupable, je le suis, je ne puis me le dissimuler.

« Livrée au repentir, consumée de regrets, écrasée par la honte,

j'aurais dû abhorrer l'auteur de tous
mes maux ; son audace, sa barbarie
auraient dû n'exciter que ma haine,
et tout augmenta mon amour ; je
détestais le crime et j'adorais le cri-
minel ; jouet de toutes les passions,
je fus celui de toutes les souffrances... Au moment où je vous parle,
rien n'égale encore l'horreur de mes
tourmens ; le sentiment de mon op-
probre, le désespoir, le remords,
l'affreuse jalousie déchirent tour à
tour ce cœur infortuné qui ne voit
plus de terme à son malheur. »

« Voilà donc l'effet du crime, répondis-je à madame d'Arberg ; il nous
force à ne paraître jamais ce que
nous sommes ; il entraîne avec lui la

dissimulation, le mensonge et l'indigne artifice. »

« Votre mère accoucha d'Hélène, qui fut élevée sous les yeux de monsieur le maréchal; il adorait votre sœur, croyant qu'elle était sa propre fille; quant à vous, madame votre mère se décida à confier son secret à un ancien compagnon d'armes de votre père, et à lui demander pour vous protection et appui. Je m'introduisis alors chez madame de Saint-Séverin, et je fus vivement blessée en découvrant votre amour pour sa fille. J'excitai l'amour-propre maternel, en démontrant à madame de Saint-Séverin qu'elle ne pouvait unir le frère avec la sœur,

2.   9.

et, à force de représentations, je par-
vins à la décider à vous bannir d'auprès d'elle, et, lorsque vous lui par-
lâtes de votre attachement pour
Hélène, vous ne fîtes que hâter de
peu de jours un événement qui était
déjà préparé.

« Pardonnez-moi, Hermann, je
croyais agir pour votre bonheur; la
vue de vos souffrances et ces longs
combats dont vous sortîtes vain-
queur ébranlèrent un moment mes
résolutions: je me repentis presque
de ce que j'avais fait; mais votre
mère, à qui je rendais compte de
tout, ne pouvait supporter sans
frémir votre coupable amour pour
Hélène! Jugez maintenant de l'hor-

(211)

reur, qu'elle éprouve, lorsqu'elle
songe à une pareille union.

« Votre mère avait obtenu pour
vous un brevet d'officier au service
de Russie : vous partîtes, et elle res-
pira. Votre naissance est connue de
l'empereur ; le sort le plus brillant
vous attend.

« Je fus chargée par votre mère
de veiller sur Hélène, et de presser
son hymen, afin qu'une fois engagée,
elle fût pour jamais séparée de son
frère. L'événement a trompé notre
attente : elle est libre maintenant,
et un miracle vous a réunis.

« Cependant Hélène vous a fui,
et lorsque la princesse l'a reçue dans
ses bras et lui a dévoilé toute la vé-

rité, elle lui a dit que ce n'était pas encore le seul obstacle que vous eussiez à vaincre, et que jamais elle ne pouvait être à vous.

« Du reste, la plus grande obscurité règne dans ses discours; elle parle de sermens violés, de vengeance céleste, de punitions qu'elle doit s'infliger... Mon ami! je crois que ce ne sera pas de votre mère que viendra maintenant la plus grande opposition à revoir votre sœur; la constance de votre amitié pour elle, votre profonde douleur l'a touchée; il ne vous reste qu'à vaincre la répugnance qu'Hélène montre pour un frère qu'elle adorait! Votre sœur s'est retirée au cou-

vent des religieuses de Saint-Vin-
cent-de-Paul depuis trois mois ; elle
a même refusé de voir sa mère.

Après avoir prononcé ces mots,
madame d'Arberg garda le silence :
pour moi, je restai long-temps pensif. Que de malheurs je prévoyais
encore !

FIN DU SECOND VOLUME.

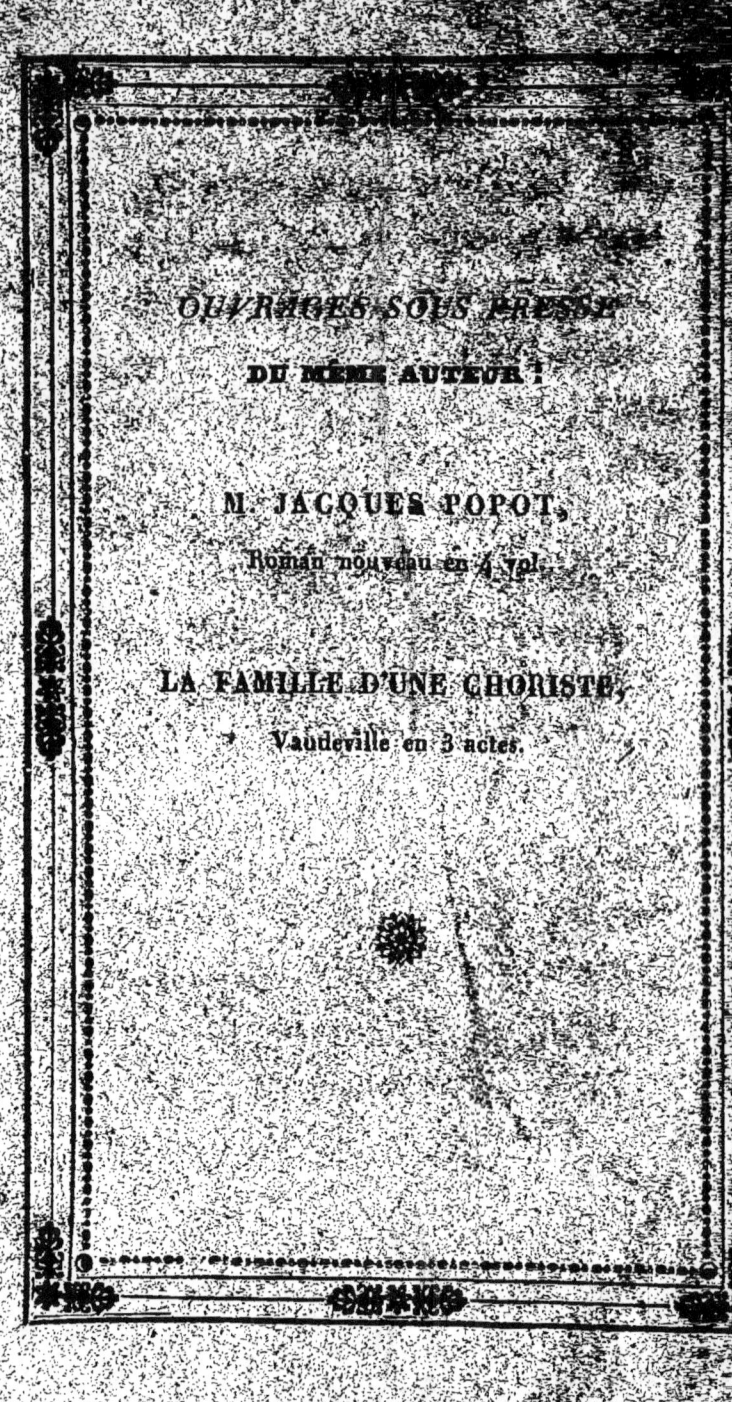

OUVRAGES SOUS PRESSE

DU MÊME AUTEUR :

M. JACQUES POPOT,

Roman nouveau en 4 vol.

LA FAMILLE D'UNE CHORISTE,

Vaudeville en 3 actes.

BIBLIOTHEQUE NATIONALE DE FRANCE

3 7531 0261050 7 3

www.ingramcontent.com/pod-product-compliance
Lightning Source LLC
Chambersburg PA
CBHW061452030726
47503CB00005B/1675